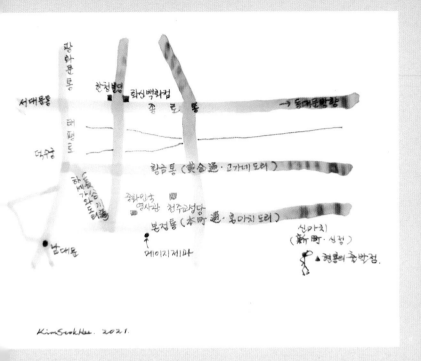

"그런데 말이죠, 정말 근사하게도, 도쿄의 작가이자
저의 절친인 다나카 군이 경성에 와 있습니다.
꼭 만나고 싶다고 해서 아까 조선호텔에 갔었는데,
너무 늦게 가는 바람에 그 녀석이 날 기다리다 지쳐서
오무라 일당과 함께 외출한 모양입니다.
그가 너무 안되어서 나는 지금부터 그를 찾으러 나갈 생각입니다.
뭣하면 소개해 드릴까요? 조선의 조르주 상드로서
또 나의 리베(liebe.애인. 독일어 – 옮긴이)로서……."

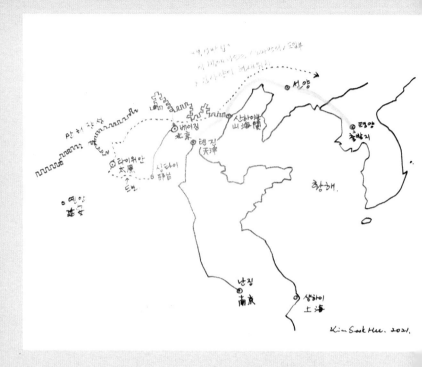

하지만 이미 운명은 결정된 것이니까.
소기의 곳으로 가게 되든지, 혹은 헌병대로 끌려가게 되든지……
텐진서 이 군이 주의 주던 이야기가 주문처럼 들려온다.
하여간 운명에 맡길 수밖에 없는 일이었다.

빛 속으로

Into the Light

옮긴이 **김석희**

오사카대학에서 김사량 연구로 언어문화학 박사학위를 받았다. 현재 경희대학교 국제지역원 연구교수. 번역가. 김사량 연구로는 「Joseon in Color」, 「Beyond the Dichotomy of Resistance and Collaboration: A Reappraisal of Kim Saryang's Nostalgia」 등이 있다. 『내셔널 아이덴티티와 젠더』, 『말과 황하와 장성의 중국사』, 『소나티네 : 나쓰메 소세키 작품집』, 『인간은행 : 호시노 도모유키 대표소설집』, 『디어 프루던스』 등을 번역하였으며 화가, 미술평론가로도 활동하고 있다.

빛 속으로

초판 1쇄 2021년 8월 15일

지은이 김사량
옮긴이 김석희

펴낸이 박소정
펴낸곳 녹색광선
이메일 camiue76@naver.com

ISBN 979-11-965548-5-9(03810)

빛 속으로

목차

KimSeokIdee.
2021

글쓰기란 어떤 면에서 보면 세계 속에 던져진 자신의 모습을 '언어'에 투영하여 작업하는 일이다. 그런데 모국의 언어가 아닌 타국의 언어로 글쓰기를 지속해온 작가는 어떨까? 익숙하지 않은 언어를 손에 들고 나는 누구이며 내가 속한 곳은 어디인가라는 물음에 끊임없이 직면하지 않을까?

'프랑스어로 말한 건 30년도 더 되었고 글을 쓴 건 20년도 더 되었지만, 나는 여전히 이 언어를 모른다. 나는 프랑스어로 말할 때 계속 실수를 하고, 사전들의 도움이 있어야 프랑스어로 쓸 수가 있다. 그래서 나는 프랑스어 또한 적의 언어라고 부른다. 내가 그렇게 부르는 이유가 또 있다. 실은 이것이 가장 심각한 이유다. 그건 이 언어가 나의 모국어를 죽이고 있기 때문이다.'

헝가리에서 태어났지만 스위스로 망명해 프랑스어로 작품 활동을 한 작가 아고타 크리스토프는 자전적 이야기인 『문맹』에서 모국어의 정체성을 위협하는 타국어를 '적의 언어'로 부른다. 이번에 녹색광선에서 독자 여러분들께 소개하는 김사량 또한 일제 식민시기에 일본에서 일본어로 작품 활동을 했으니, '적의 언어'로 글을 쓴 셈이다. 그는 이에 대해 고뇌에 찬 고백을 하기도 한다.

'글을 쓰면서도 새삼 힘든 것은 언어이다. 그래서 문장에서 일본어를 죽이고 싶다고까지 생각해 본다 . 모국어를 일본 문자로 생경하게 직역해서 옮기면 과연 어떤 것이 될 것인가.' 1936. 『잡음』 중.

김사량은 역사적 비극으로 인해 모국어가 아닌 적의 언어로 작품 활동을 했을지언정, 모국에 대한 끝없는 애착을 놓을 수는 없었다. 식민지 치하에서 그가 가졌을 정체성 상실에 대한 슬픔과 두려움은 아름답고 담담한 서사와 언어로 환원되어 세상에 나왔다. 1940년에는 그의 작품성을 알아본 작가들에 의해 일본의 가장 권위 있는 문학상인 아쿠타가와 상 최종 후보에 오르기도 한다.

하지만 해방 직전 그는 독립운동 근거지로 망명했고, 광복 이

소설 『천마』에 등장하는 1900년대 당시의 조선호텔.

『천마』의 등장인물 '현룡'

후엔 월북한다. 6.25 전쟁 발발 이후 북쪽 종군 기자로 참여했지만, 1950년 겨울 원주 부근에서 낙오한 후 심장마비로 사망했다고 전해진다. 일제 강점기에 일본어로 작품 활동을 한 이력에 광복 후 북으로 가서 작품 활동을 한 이력이 더해지며 그의 이름은 한동안 남과 북에서 모두 완벽하게 지워졌다.

우리 문학사에서 김사량을 언급하는 것은 오랫동안 금기시 되었으나, 21세기 들어 소수의 연구자들에 의해 다시 김사량 연구가 이루어지고 있다. 그러나 일반 독자들에게 김사량은 여전히 낯선 이름이다. 김사량의 이름이 더 이상 모국의 언저리에서 떠도는 이름이 아닌, 일반 독자에게도 익숙한 이름이었으면 하는 바람으로 이 작품집을 기획하게 되었다.

정치적인 오해에 의해 '박제가 되어버린 천재'지만, 그는 1940년대에 쓰였다고 믿기 어려운 현대적인 정서의 작품들을 남겼다. 그는 어느 곳에서 어떤 언어를 쓴다 할지라도 천성적으로 써야만 하는 운명을 타고난 사람이었을 것이다.

그의 작품 중 세 편의 소설과 한 편의 기행문을 골라 출간 순서대로 책에 실었다. 각각의 배경은 도쿄(동경), 경성(서울), 강원, 베이징(북경)이다. 독자 여러분께서 타임머신을 타고 1940년대로 돌아가, 김사량과 함께 동아시아 3국을 여행하는 기분으로 이 작품집을 읽어 주셨으면 한다.

2021년 8월
녹색광선 편집부

빛 속으로

빛 속으로

1

내가 이야기하려고 하는 야마다 하루오는 정말 이상한 아이였다. 그 애는 다른 아이들 틈에 있으려 하지 않고 언제나 그 옆을 겁먹은 양 서성이며 맴돌았다. 늘 따돌림당했지만 그런 그도 뒤에서는 여자아이나 작은 아이들을 괴롭혔다. 또 누가 넘어지기라도 하면 기다렸다는 듯이 히죽거리며 소란을 일으켰다. 사랑하려고도 하지 않았고 사랑받는 일도 없었다. 그 애는 머리숱이 적은 편으로 귀가 컸으며 흰자위가 많은 눈을 한 약간 기분 나쁜 외모를 하고 있었다. 이 근처 어느 아이보다도 차림새가 지저분했고, 이미 가을도 깊었건만 아직 낡아빠져 희끗희끗한 회색 옷을 걸치고 있었다. 그 때문인지는 모르지만 그의 시선은 한층 음울하고 회의적으로 보였다. 묘하게도 그 애는 자신이 사는 곳을 결코 가르쳐 주려 하지 않았다. 나는 대학에서 S협회로 돌아가는 길에 오시아게 역(押上駅) 앞에서 두세 번 그 애를 만난 적이 있다. 걸어오는 방향으로 보건대, 아무래도 역 뒤의 습지 근처에 사는 것 같았다. 그래서 언젠가 나는 이렇게 물었다.

"역 뒤에 사니?"

그러자 그 애는 당황하며 머리를 흔들었다.

"아니야. 우리 집은 협회 바로 옆이야."

물론 터무니없는 거짓말이다. 그는 학교에서 귀가하는 길에 일부러 이쪽으로 멀리 돌아와서 놀다가 야간학교가 끝날 때까지 돌아가지 않았다. 듣자니 식당 할머니 방에서 밥을 얻어먹은 것도 한두 번이 아닌 것 같았다. 처음에는 나도 그에게 큰 관심을 두지 않았다. 하지만 어느 날 밤, 그 애가 식당 할머니의 어둑한 방에서 밥을 먹는 모습을 보고는 깜짝 놀라 멈추어 섰다.

"이상하네."

나는 혼잣말을 했다.

하지만 내가 어떤 의미로 그렇게 말했는지는 잘 알 수 없었다. 나는 다시 한번 중얼거렸다.

"이상해."

그 모습이 어쩐지 나에게는 낯설지 않았으나, 좀처럼 기억나질 않았다. 둥글게 웅크린 등도, 얼굴도, 입 모양도, 젓가락 잡는 방식까지도. 결국 나는 괴로워져서 조용히 그 곁을 떠났다. 하지만 그 뒤에는 그를 특별히 염두에 두지 않았다. 그러는 사이, 그와 나 사이에 정말 기묘한 사건이 하나 일어났다.

그 무렵 나는 S대학 협회에서 기숙했다. 나의 일은 시민교육부에서 밤에 두 시간 정도 영어를 가르치면 되는 정도의 일이었다. 그럼에도 장소가 고토(江東. 도쿄 23개 구 중 하나 - 옮긴이)가까운 공장가여서 배우러 오는 사람들이 근로자들인 만큼 두 시간의 수업도 너무 힘들었다. 낮 시간에 기진맥진하도록 일하느라 지친 그들이고 보니, 여간 긴장하지 않으면 꾸벅꾸벅 졸고 말았기 때문이다.

야간부에서도 기운찬 것은 역시 어린이부였다. 우리 교실 바로 아래가 어린이부 교실이어서 언제나 떠들썩한 소리가 들려왔다. 내 담당 학생들은 그 소리에 놀라 벌떡 일어날 정도였다. 낡은 피아노가 끼익끼익 울리기 시작하면, 아이들은 일제히 '우리들은 건강하게, 쑥쑥 자란다'라는 노래를 지붕에서 뛰어내리기라도 할 것처럼 힘차게 불렀다.

'벌써 시간이 다 됐네.' 라고 생각하자마자 이번에는 콩이라도 볶는 양 법석이었다. 아이들은 계단을 앞다퉈 뛰어 올라왔다. 수업을 마치고 교실을 나서려던 나는 곧 아이들에게 잡혀 마치 비둘기 모이 주는 할아버지가 된 것 같았다. 한 놈은 어깨에 타고, 한 놈은 팔에 매달리고, 또 한 놈은 내 코앞에서 춤을 추며 뛰어오른다. 몇 놈은 내 양복과 손을 잡아당기고, 뒤에서 소리를 지르고 나를 밀며 내 방까지 쳐들어온다. 그래서 문을 열려고 하면 이미 아까부터 들어와서 기다리며 엎드려 있던 아이들이 필사적으로 문을 못 열게 하는 것이다. 이쪽 아이들도 질세라 개미처럼 매달려 문을 열려고 한다. 이럴 때 야마다 하루오는 반드시 곁에서 방해를 한다.

"그냥 놔둬! 놔둬! 아, 아, 아!"

하고 외치면서 내 코앞에서 기분 좋다는 듯이 익살스러운 춤을 추었다. 겨우겨우 승전가를 울리며 몰려 들어가면, 실내에서는 아까부터 기다리던 예닐곱 명의 소녀들이 깍깍 소리를 지르며 즐거워했다.

"미나미 선생님! 미나미 선생님!"

"나도 안아 주세요."

"나도!"

"나도!"

그러고 보니 나는 이 협회에서 어느새 미나미(南) 선생님으로 통한다. 내 성은 알다시피 '남'으로 읽어야 하지만, 여러 가지 이유로 일본식으로 불렸다. 내 동료들이 먼저 그런 식으로 나를 불러 주었다. 처음에는 그 호칭이 어색했다. 하지만 나중에는, 역시 이런 천진난만한 아이들과 놀기 위해서는 오히려 그편이 좋을지도 모른다고 생각했다. 그런 이유로 나는 위선을 떠는 것도 비굴한 것도 아니라고 몇 번이나 스스로를 납득시켰다. 그리고 당연히 어린이부 안에 조선인 아이라도 있다면 나는 일부러라도 나를 '남'선생이라 부르도록 할 것이라고 스스로에게 변명했다. 그렇게 하지 않으면 조선 아이에게도 또 일본 본토 아이에게도 감정적으로 나쁜 영향을 끼칠 것이 틀림없기 때문이다.

그런데 어느 날 밤, 아이들이 소란스러운 와중에 내 학생 중 한 사람이 새파랗게 질린 얼굴을 하고 찾아왔다. 그는 자동차 조수를 하면서 야간에 영어와 수학을 배우러 오는 이씨 성을 가진 건강한 젊은이였다. 이 군은 문을 닫자 덤빌 듯이 내 앞을 가로막고 섰다.

"선생님."

그것은 조선어였다.

나는 깜짝 놀랐다. 아이들은 무슨 의미인지 모르지만 뭔가 심상치 않은 공기에 눌려 그와 나의 얼굴을 번갈아 쳐다보았다.

"자, 나중에 또 놀자. 지금부터 선생님은 볼일이 있으니까."

나는 억지로 침착함을 유지하며 입가에 미소를 지었다.

아이들은 풀이 죽어 밖으로 나갔다. 하지만 야마다 하루오의 눈빛만은 이상할 정도로 빛을 내며 계속해서 나를 훑어보고 있었다. 나는 희미하게 빛나던 그 눈빛을 지금도 잊을 수 없다. 그는 게처럼 옆으로 걷다가 여기저기 부딪히며 빠져나갔다.

"자, 앉아요."

둘만 남게 되자, 나는 조선어로 조용히 말을 건넸다.

"언제 서로 이야기를 나눌 기회도 없었네요."

"그렇죠."

이 군은 선 채로 외쳤다.

"사실 선생님한테 어느 나라 말로 이야기하면 좋을지 모르겠으니까요."

그의 말 속에는 젊은이다운 분노가 담겨 있었다.

"물론 나는 조선인입니다."

기분 탓인지 대답하는 내 목소리가 약간 떨렸다. 아마도 이 군 앞에서 적어도 이름에 대해서는 신경이 쓰였나 보다. 아무렇지 않은 기분으로 그를 대할 수 없었던 것은 내 마음속에 비굴함이 존재한다는 증거임이 틀림없었다. 그래서 나는 오히려 조금 허둥거리며 이렇게 물었다.

"뭔가 마음에 걸리는 점이라도 있었나요?"

"있습니다."

그는 앙연히 말했다.

"어째서 선생님 같은 분조차 본명을 감추시죠?"

나는 순간 말문이 막혔다.

"자, 좀 차분하게 앉아서 이야기합시다."

"어째서인가, 나는 그것이 묻고 싶은 겁니다. 나는 선생님의 눈이나 광대뼈, 콧날을 보고 분명히 조선인이라고 생각했어요. 하지만 선생님은 그런 기색을 전혀 하지 않았죠. 나는 자동차 조수입니다. 오히려 나 같은 직장인들이 이름 때문에 여러 가지 기분 나쁜 일을 더 많이 당할 겁니다. 하지만…"

그는 격정이 북받친 나머지 말을 더듬거렸다. 어째서 그는 이렇게까지 흥분하고 있었던 것일까.

"하지만 나는 그럴 필요를 느끼지 않아요. 나는 곡해할 생각도 없고, 또 비굴한 짓도 하고 싶지 않습니다."

"말씀하신 대로입니다."

나는 조용히 신음하듯 말했다.

"나도 당신이 한 말에 동의합니다. 하지만 나로서는 아이들과 유쾌하게 지내고 싶었을 뿐 다른 의도는 없습니다."

복도에서는 평소와 다름없이 아이들이 소란을 떨면서 때때로 문을 열고는 콧물 달린 얼굴로 들여다보거나 눈을 감고 혀를 내밀어 보이거나 했다.

"예를 들어 내가 조선인이라고 하면, 저런 아이들이 나를 대하는 기분 속에는 애정 이외에 나쁜 의미의 호기심이랄까, 아무튼 다른 감정이 앞설 거라고 생각합니다. 그것은 선생으로서 우선 쓸쓸한 일입니다. 아니 오히려 두려운 일이지요. 그렇다고 해서 나 자신이 조선인이라는 것을 감추려는 것은 아닙니다. 그저 모두가 그런 식으로 나를 불렀을 뿐이에요. 나 역시 굳이 조선인이라고 말할 필요를 느끼지도 않았고요. 하지만 이 군이 그런 인상을 조금이라도 받았다면, 나는 아무런 변명도 할 수 없군요……."

그렇게 말했을 때, 문을 열고 들여다보는 아이들 틈에서 갑자기 큰 목소리로 외치는 아이가 있었다.

"맞아, 선생님은 조센징이야!"

야마다 하루오였다. 순간 복도는 조용해졌다. 나도 아주 잠깐 당황스럽지 않을 수 없었다. 그래서 애써 마음을 가라앉히며 이렇게 말했다.

"조만간 또 만나서 천천히 이야기하죠."

이 군은 손을 부들부들 떨면서 나갔다. 야마다를 포함하여 두세 명의 아이들이 도망쳤다. 나는 꼼짝 않고 그 자리에 서 있었다. 그 순간 나야말로 위선자가 아닌가 하는 생각이 번개처럼 번득였다. 계단 아래쪽에서 뎅그렁뎅그렁 종 치는 소리가 들려왔다. 아이들은 북적거리면서 구름처럼 몰려 내려갔는데 마치 그 소리가 다른 곳에서 나는 것처럼 울렸다. 그때 문이 살짝 열리며 살금 살금 걸어 들어온 야마다가, 몸을 구부정하게 숙이고 문틈을 통해 방 안을 들여다 보았다. 그러고는

"야, 이… 조센징!"

하고 말하며 혀를 쏙 내밀어 보이더니 다시 쫓기듯 도망쳤다.

이후로 야마다 하루오는 점점 심술궂어져서 나에게 들러붙었다. 내가 그 애에게 한층 주의를 기울이게 된 것은 그 이후의 일이다.

곰곰이 생각해 보니, 훨씬 오래전부터 그 애는 나를 의심의 눈초리로 감시하면서 맴돌고 있었던 것 같았다. 때때로 내가 말꼬리가 걸려 혀가 제대로 돌아가지 않거나 하면 곧장 흉내를 내며 필요 이상으로 웃어대곤 했다. 그는 처음부터 내가 조선 출신이라는 것을 짐작하고 있었음이 틀림없다. 그러면서도 언제나 내 주변을 맴돌며 내 방에 와서 곧잘 장난을 치곤 했다. 나에 대해 일종의 애정 비슷한 감정을 품고 있었기 때문이었을까? 그런데 그 애는 그 일이 있은 후로 나를 극도로 경원시하는 것 같았고, 좀처럼 다가오지도 않으면서 내 주위를 한층 더 서성거렸다. 혹시 내가 실수라도 하면 한쪽 구석에서 심술궂게 기뻐할 준비를 하고 있다는 듯이.

하지만 나는 그 누구보다 깊은 애정을 가지고 그를 대했다. 나

는 오히려 그를 끌어안고 싶었다. 그리고 가능한 한 그 애를 잘 관찰하고 서서히 지도해 나가겠다고 결심했다. 나는 우선 이런 식으로 생각했다. 가난한 그의 일가는 조선으로 이주하여 살았고, 그때 하루오도 조선으로 건너간 다른 아이들처럼 비뚤어진 우월감을 가지고 일본으로 되돌아온 것이라고.

그러던 어느 날, 나는 결국 참다못해 얼굴이 시뻘게질 만큼 화가 나고 말았다. 그때도 나는 교실에 내려가 아이들과 놀고 있었는데, 하루오가 일부러 두세 번 내 주의를 끌더니 갑자기 별 이유도 없이 화를 내며 옆에 있던 작은 여자아이의 가슴을 밀치고 그야말로 잔인하게 구타하는 것이었다. 여자아이는 울면서 도망쳤다. 그는 도망치는 아이를 쫓아가면서
"조센징 자바레, 조센징 자바레!"
하고 외쳤다.
'자바레'란 '잡아라'라는 의미의 조선어로, 조선에 이주한 일본인이 곧잘 사용하는 말이었다. 물론 여자아이는 조선인이 아니었다. 나를 향해 보란 듯이 한 말이었을 것이다. 나는 날아가듯 뛰어가서 야마다의 목덜미를 잡고 앞뒤 볼 것 없이 뺨을 때렸다.
"무슨 짓을 하는 거야!"
야마다는 소리를 죽이고 아무 말도 하지 않았다. 그저 목각인

형처럼 내가 하는 대로 두고 있는 것 같았다. 울지도 않았다. 그리고 거친 숨소리를 내며 내 얼굴을 똑바로 올려다보았다. 유난히 눈자위가 하얗게 보였다. 아이들은 내 주위를 둘러싸고 침을 삼켰다. 그 애의 눈에 문득 눈물 한 방울이 맺히는가 싶었다. 하지만 그 애는 조용히 눈물을 삼키는 듯한 목소리로 외쳤다.

"조오센징노 바까!(조선인, 바보!)"

2

원래 S협회는 도쿄제국대학 학생들을 중심으로 구성된 일종의 빈민구제사업 단체로, 탁아부나 어린이부를 시작으로 시민교육부, 구매조합, 무료의료부도 있어서 이 가난한 마을 사람들은 이곳을 매우 친근하게 여겼다. 갓난아기나 어린아이들을 위해서는 물론이고 소소한 일상생활에 이르기까지, 그 존재는 이미 주민들과 떼려야 뗄 수 없는 긴밀한 관계에 놓여 있었다. 그리고 여기에 다니는 아이들의 어머니들은 '어머니회'를 조직하여 서로 정신적인 교류나 친목을 꾀하기 위해 한 달에 두세 번 정도 모임을 가졌다.

하지만 지금까지 야마다 하루오의 어머니는 한 번도 얼굴을 내민 적이 없었다. 자기 자식이 밤늦게까지 여기서 놀다 간다는 것을 안다면, 다른 어머니들처럼 관계대학 학생들을 향한 따뜻한 감사의 표현까지는 아니더라도 가끔은 부모로서 아이가 걱정되어서라도 한번 찾아올 법하지 않은가? 나는 이 이상한 아이에게 관심을 가지게 되면서 그의 가정 사정부터 알아야겠다고 생각했다.

오래지 않아 주말을 포함해 사흘 연휴를 이용하여 아이들이 어딘가 고원으로 캠프를 가게 되었다. 나는 야마다를 내 방으로 불렀다. 야마다는 지금까지 이런 캠프에 참가한 적이 없다는 것을 알고 있었다.

"어때? 너도 갈래?"

소년은 고집스럽게 입을 다물고 있었다. 그는 이런 경우에 이쪽에서 아무리 상냥하게 대해도 의심이 많아지는 모양이다.

"이번에는 너도 가자."

"……."

"왜 대답을 안 해? 너도 어머니를 모시고 오면 돼. 아버지도 좋고, 누구든 학부형 되는 분이 오셔서 승낙하면 되니까."

"……."

"모시고 올래?"

야마다는 고개를 저었다.

"그럼 안 가?"

"......."

"비용은 선생님이 내 줄게."

 그는 텅 빈 듯한 눈으로 나를 올려보았다.

"그렇게 하자."

"......."

"그럼, 선생님이 너희 집에 같이 가서 허락을 받아 줄까?"

 그는 당황한 듯 다시 고개를 저었다.

"그래도 사흘이나 자고 와야 하니까, 부모님 허락을 받아야 하잖아?"

"선생님도 산에 가요?"

 그제야 소년은 교활하게 물었다.

"안 가요?"

"응, 선생님은 못 가. 이번에 당직을 서야 하거든."

"그럼 나도 안 갈래."

 그는 입가에 희미한 미소를 띠었다.

"어째서?"

 그러자 그는 히죽 이를 드러내고 백치처럼 턱을 내밀어 보였다.

 이런 식으로 해서 겸사겸사 그의 집을 방문할 생각이었지만 결국 실패했다. 그는 어떤 이유에서인지 틈을 주지 않았다.

이윽고 토요일이 오자 S협회 어린이부 백여 명은 기쁨에 들떠 우에노역을 향해 줄지어 나섰지만, 역시나 그 시간까지 야마다의 모습은 보이지 않았다. 그런데 나중에 볼일이 있어 옥상에 올라 갔다가 나는 깜짝 놀라고 말았다. 야마다 하루오가 건조대 기둥 에 매달려 멀리 줄지어 가는 친구들의 행렬을 물끄러미 바라보고 있었다. 나는 어쩐지 눈시울이 뜨거워지는 것을 느꼈다. 인기척을 느꼈는지 뒤를 돌아본 그 애는 무척 당황하는 눈치였다. 나는 애 써 웃음을 지으며 그의 어깨를 뒤에서 안아 주었다.

"저기 봐, 저기에 애드벌룬이 보이지?"

"응."

그는 기어들어 갈 것 같은 목소리로 말했다. 그을린 굴뚝과 시 커먼 건물 너머, 멀리 우에노 공원 주변에 두세 개의 애드벌룬이 꼬리를 끌며 떠 있었다. 나는 문득 그 애를 따뜻하게 보살피고 싶 은 마음이 들었다.

"있지, 하루오. 지금부터 선생님은 한가한데, 같이 우에노라도 가지 않을래?"

소년은 올려다보며 씩 웃었다.

"좋아, 그럼 같이 가자. 선생님은 학교에 볼일이 있으니까 마침 잘 됐다."

학교에 볼일이 있다는 건 물론 거짓말이었다. 그렇게까지 마음에 없는 소리를 할 만큼 나는 내심 야마다를 어렵게 느끼고 있었던 것일까?

"헤에."

　그는 눈이 휘둥그레졌다.

"선생님도 도쿄제국대학 학생이에요?"

　그는 정말로 놀란 것 같았다.

"조선인도 받아준다고요?"

"그야 누구라도 받아주지, 시험만 붙으면……."

"거짓말. 우리 학교 선생님이 분명히 말했어. 이 조선인 놈들, 소학교에 넣어주는 것도 감지덕지해야 한다고."

"정말? 그런 말을 하는 선생님도 있어? 그래서, 그 학생은 울었어?"

"아뇨, 울긴 왜 울어요, 안 울어요."

"그렇구나, 어떤 아이야? 한번 선생님한테 데리고 와 봐."

"싫어."

　그는 서둘러 말했다.

"그런 아이는 없어, 없다구."

"이상한 소리를 하네."

"아무한테도 말 안 해, 안 한다구!"

그는 정색하며 자기가 했던 말을 취소했다. 정말 이상한 아이라고 생각했다. 바로 그 순간이었다. 어쩌면 그가 그 조선 아이일지도 모른다는 생각이 문득 든 것은.

나는 놀란 듯이 그 애의 얼굴을 물끄러미 바라보았다. 그는 얼굴이 굳은 채 경계하듯이 뒷걸음질쳤다. 그리고 갑자기 쏜살같이 계단을 내려가며 외치는 것이었다.

"응, 나, 모자 쓰고 올게요!"

나는 조용히 고개를 절레절레 흔들며 계단을 내려갔다.

하지만 현관 입구에서 가까운 계단을 내려가기 시작했을 때, 아래층에서 심상치 않은 일이 벌어졌음을 알 수 있었다. 의료부 의사와 간호부와 구매조합 남자들이 현관 입구를 가로막은 자동차에서 볼품없는 행색을 한 부인을 실어 내렸다. 그 뒤로 자동차 조수 이 군이 몹시 흥분한 듯 가쁜 숨을 몰아쉬며 들어오는 것이 보였다. 부인의 머리는 피범벅이 되어 맥없이 뒤로 젖혀져 있었다. 하루오가 그 옆을 부들부들 떨면서 두세 걸음 걸어왔지만, 나를 발견하더니 흠칫 놀라 멈췄다. 나는 이 군에게 다가가서 걱정스럽게 무슨 일인지 물었다. 그러자 그는 이를 갈며 부르짖었다.

"남편한테 칼로 머리를 맞았어요!"

의료부 문 앞에서 왁자하던 사람들은 모두 놀라서 그를 쳐다보았다.

"이 부인은 조선인입니다. 남편은 일본인인데, 지독한 악당입니다."

이 군은 손수건으로 목덜미를 닦으려다 옆을 서성이는 야마다 하루오를 발견하고는 무서운 기세로 소년 쪽으로 날아들었다.

"바로 이 녀석이에요. 이 녀석의 아비입니다."

그는 야마다의 손목을 비틀면서 마치 범인이라도 잡은 듯이,

"이 녀석의, 이 녀석의!"

하면서 입에 거품을 물고 외쳤다. 그 소리는 이미 흥분을 넘어 울음소리에 가까웠다.

야마다는 너무 괴로워 비명을 지르면서

"아니야, 아니야!"

하고 외쳤다.

"조센징 따위 우리 엄마 아니야, 아니야, 아니라구!"

남자들이 안으로 들어와 겨우 두 사람을 떼어놓았다. 나는 거의 망연자실한 상태였다. 이 군은 격분하여 다시 야마다 하루오에게 덤벼들더니 있는 힘껏 등을 걷어찼다. 하루오는 비틀거리면서 내 품에 안겨들었다. 그리고 '으앙'하고 울기 시작했다.

"나는 조센징이 아니야, 나는 조센징이 아니라고! 그렇죠, 선생님?"

나는 그의 몸을 꼭 안았다. 내 눈가에 뜨거운 것이 울컥 솟는

것을 느꼈다. 이 군의 시퍼렇게 독이 올라 흐트러진 모습도, 이 소년의 아픈 울부짖음도 책망할 수 없는 기분이었다. 그 자리에 풀썩 쓰러질 것만 같았다. 할머니가 먼저 하루오를 데리고 나가면서, 겨우 그 자리가 수습되는 것 같았다. 이 군은 거칠게 조롱하듯 모두 앞에서 말했다.

"저 녀석의 아비는 노름꾼에다 사람도 아니에요! 그는 며칠 전에 감옥에서 돌아왔죠. 그동안 저 불쌍한 부인은 먹지도 마시지도 못하고 얼마나 고생을 했는지 몰라요. 근처 사람이기도 하고 반갑기도 하니, 가끔 저희 집에 오셨을 때 밥을 드렸어요. 그런데 저 악당 자식은 감옥에서 나오자마자 저희 집에 자기 아내가 드나들었다는 이유로 이런 지독한 짓을 한 거예요. 그녀는 이제 살아나지 못할 거예요! 다 틀렸어요."

그는 흥하고 코를 풀었다. 의료실에서 사람이 나와 조용히 해달라고 말했다. 나는 이 군을 조금 떨어진 곳으로 데려가 물었다.

"이 군은 야마다 하루오의 집을 알고 있군요."

"알고 말고 할 것도 없어요." 그는 재수 없다는 듯이 말했다. "녀석도 역 뒤의 습지에 살고 있어요."

"그렇군요. 정말 심하군요. 어째서 그 남편이라는 사람은 이 군의 집에 드나들었다는 이유로 그런 짓을 했을까요?"

그는 이를 악물었다.

"그, 그건 저희 어머니가 조선옷을 입고 있기 때문입니다. 조선인이 사는 곳에 가지 말라는 거죠. 흥, 까불고 있네, 바보 같은 자식, 그 전과자 새끼는 자기가 뭐라도 되는 줄 알죠! 고작해야 튀기(혼혈인을 낮잡아 이르는 말 – 옮긴이) 주제에."

그리고 눈앞에 상대가 있기라도 한 듯이 울부짖었다.

"나쁜 자식, 기억해 두는 게 좋을 거다, 한 번이라도 마주치면 네놈의 모가지는 없을 줄 알아! 야 이, 이 한베에 자식!"

"뭐? 한베에?"

나는 놀라서 되물었다.

"맞습니다."

그는 숨을 몰아쉬면서 말했다.

"지독한 악당입니다, 잔인한 녀석이죠. 흥, 하지만 이번에는 내가 그냥 안 둘 테니까, 나쁜 자식! 아내 살인죄를 씌워 줄 테다!"

"한베에."

나는 다시 중얼거려 보았다. 아무리 생각해도 그것은 분명히 귀에 익은 이름이었다.

"한베에, 한베에."

몇 번이나 입속으로 중얼거려 보았지만, 그 이름은 기억 속을 헛돌 뿐, 아무래도 생각나지 않았다.

그때 의사 야베 군이 나왔기 때문에 우리는 그가 있는 쪽으로 달려가 경과를 물었다. 그의 이야기로는 생명에는 별지장이 없으나, 자상이 너무 심해서 한 달은 입원치료를 받아야 하니 이제 의식이 돌아오면 어딘가 다른 병원으로 옮겨야 한다는 것이었다. 이 군은 그 이야기를 듣자 얼굴이 새파랗게 질려 목소리를 떨며, 그녀의 남편이 한베에이고 닳아빠진 엽전 한 닢도 없는 녀석이기 때문에 입원 같은 건 도저히 불가능하며 도와준다 생각하고 나을 때까지 여기서 머물게 해 달라고 매달리며 부탁했다.

"선생님, 부탁입니다, 제가 죽 같은 거라도 가지고 올 테니, 선생님……."

하지만 사실 의료부라고는 해도 의대를 졸업한 의사 두세 사람이 주간에 간이 치료를 하는 정도여서, 중상 환자를 입원시킬 만한 곳은 아니었다. 야베 군도 어두운 얼굴로 고개를 갸우뚱하며 나에게 어떻게 된 거냐고 물었다. 나는 곧 가까운 아이오이 병원의 의사 윤이 생각나서, 그 쪽으로 전화를 해 보기로 했다. 그곳은 빈민구제의원 같은 곳으로 자금이 조선 노동자들 주머니에서 나오는 만큼, 조선인에게 여러 가지 특전이 있었다. 마침 비어 있는 침대가 있었기 때문에 운 좋게 이야기가 정리되었다.

그녀는 다시 이송되었다. 이미 머리와 얼굴에는 하얀 붕대가 여러 겹 두껍게 감겨 있었다. 그 모습이 마치 날개 잘린 잠자리처럼 비참했다. 우리는 그녀를 호위하여 골목길이 끝나는 곳에 있는 낡은 아이오이 병원으로 이송시켰다. 수술대에 올라갔을 때도 아주 약간의 의식만이 남아 있는 것 같았다. 그녀는 두세 마디 신음 소리를 냈지만, 무슨 말인지 알아들을 수는 없었다. 몸이 작은, 약해 보이는 여자였다. 손가락 끝은 납처럼 새파랗고 피도 통하지 않는 것 같았다. 그 옆에서 의사 윤은 야베 군의 이야기에 귀를 기울이면서 여러 가지 의료 기구를 준비했다. 나는 그들이 다시 그녀의 붕대를 풀기 시작하자 조용히 방을 나왔다.

하늘은 점점 거칠어지고 있었다. 바람이 불어왔다. 등나무 시렁의 이파리가 사납게 흔들렸다.

병원에는 한베에도 하루오도 보이지 않았다.

3

해 질 무렵엔 이미 억수 같은 비가 쏟아지고 있었다. 바람도 점점 심해지고, 비는 물동이를 들이붓는 듯 위세 좋게 쏟아졌다. 창이 덜컹덜컹 흔들리고 전등이 깜빡거렸다. 아이들은 한 명도 없었다. 그저 2층에서 조용히 수학 수업하는 소리가 들려올 뿐이었다.

나는 식당 쪽에서 두세 명의 동료와 할머니와 함께 산에 간 아이들을 걱정하고 있었다. 하지만 나의 뇌리에는 조금 전에 일어난 사건의 충격이 강렬하게 남아 쉽사리 가시지를 않았다. 그렇다고 해서 그 사건이 왜 일어난 것인지 진지하게 생각해 보지도 않았다. 나 자신이 두려움에 사로잡혔는지도 모른다. 나는 그저 눈을 감고만 싶었다.

그때 엄청난 바람이 불어왔고 덜컹하고 입구 문이 날아갈 것만 같은 소리가 기분 나쁘게 울려 퍼졌다. 다들 깜짝 놀라 숨을 죽였다. 문 쪽으로 나갔던 할머니는 '악!' 하는 비명을 올리더니 멈칫했다. 달려가 보니 문짝은 쓰러져 있었고 비바람 속에 야마다 하루오가 겁먹은 모습으로 서 있었다. 하필이면 그때 번개가 쳐서 그의 모습은 흡사 유령처럼 보였다.

"어떻게 된 거니, 하루오?"

나는 그 애를 꼭 끌어안고 안으로 들어왔다. 그리고 그대로 2층 내 방으로 올라갔다. 뭐라 말할 수 없는 기분이었다. 흠뻑 젖은 옷을 벗기고 수건으로 몸을 닦아 침상에 누였다. 그의 몸은 벌벌 떨고 있었다. 따끈한 차를 주자 몇 잔이나 꿀꺽꿀꺽 마셨다. 그러다 잠시 후 기운을 차리고는 슬픈 눈으로 나를 보았다. 나는 어쩐지 마음을 터놓을 수도 있을 것 같은, 따뜻하면서도 숙연한 감정을 느꼈다. 이 소년은 또 무슨 일이 있었기에 이 폭풍우 치는 밤에 찾아온 것일까?

"병원에 다녀왔니?"

그 애는 입을 삐죽거리는가 싶더니 갑자기 '으앙' 하고 울기 시작했다.

"바보처럼 왜 울어?"

"아니야, 병원 따위 안 가요. 안 가요."

"그래, 괜찮아."

내 목소리가 갈라졌다.

"괜찮아."

"응."

그 애는 금방 안심한 듯 고개를 끄덕였다. 그는 따뜻해 보이는 이불 속에 발을 넣고 목을 움츠려 보였다. 나에겐 그 모습이 더없이 애처롭게 보였다. 그 애의 눈은 빛나고 입가에는 살짝 웃음이 번졌다. 완전히 나에게 마음을 연 것이다. 그의 마음 속 세계에도 이렇게 아름다운 것이 감추어져 있었다니! 어머니에 대한 본능적인 애정도 어찌 이 소년에게만 없겠는가? 그것은 그저 왜곡된 것에 지나지 않는다. 나는 주위 사람들로부터 고통받고 배척당한 한 동족 부인을 상상했다. 그리고 일본인의 피와 조선인의 피를 함께 받은 한 소년 안에 존재하는 조화롭지 못한 이원적인 것의 분열과 비극을 생각했다. '아버지 것'에 대한 무조건적인 헌

신과 '어머니 것'에 대한 맹목적인 거부, 그 두 가지가 언제나 서로 부딪히고 있을 것이다. 더군다나 가난한 마을에 몸을 묻고 사는 아이다 보니, 순진하게 모정의 세계에 잠겨 드는 것도 저지당했을 것이다. 무턱대고 어머니에게 안길 수 없었을 것이다. 하지만 '어머니 것'에 대한 맹목적인 거부에도 어머니에 대한 따뜻한 마음이 숨어 있었을 것이다. 그 애가 조선인을 볼 때마다 거의 충동에 가까운 커다란 목소리로 조센징이라고 외칠 수밖에 없는 기분을 나는 어렴풋하게나마 이해할 수 있을 것 같았다. 그는 나를 본 최초의 순간부터 조선인이 아닐까 의심하면서도 계속해서 내 주변을 맴돌지 않았는가? 그것은 분명 나에 대한 애정일 것이다. '어머니 것'에 대한 무의식적인 그리움일 것이다. 그 애는 어머니에 대한 애정을 나에게 왜곡되게 표현한 것이다. 사실 그는 어머니가 있는 병원에 가는 대신 나에게 온 것인지도 모른다. 어머니를 찾아가고 싶은 마음과 무엇이 다를까. 이런 생각이 들자 나는 비길 데 없는 슬픔에 잠겨들었고 그 애의 밤송이 같은 머리를 쓰다듬으며 애써 웃음 지었다.

"어머니가 계신 병원에 갈까?"

그 애는 슬픈 듯 고개를 저었다.

"어째서?"

그는 대답하지 않았다.

점차 바람도 잦아든 것 같았다. 부슬비가 때때로 생각났다는 듯 처마를 두들기고 있었다. 나는 창을 열고 점점 맑아져 가는 하늘을 바라보았다. 먼 북쪽 하늘 조각구름 사이로 두세 개의 별이 반짝이고 있었다.

"이제 날이 개나 보다. 어이, 하루오, 이제부터 같이 병문안 갈까?"

대답이 없다. 쳐다보니 그는 이불을 뒤집어쓰고 있었다.

"아버지는 병원에 가셨어?"

"갈 리가 없어요."

그 애는 이불 속에서 조금 반항적으로 말했다.

"이상한 아버지구나. 어머니가 불쌍하잖아."

"……"

"아니면 아버지한테 돌아갈 생각이구나. 아버지도 분명히 집에서 걱정하실 거야."

"……"

그는 얼굴을 내밀고 골이 난 듯한 눈을 했다.

"나 여기 있어도 돼요?"

"응, 그건……"

나는 횡설수설하며 어쩔 수 없다는 듯 말했다.

"여기 있어도 상관없지만……"

마침 수학 수업이 끝난 것인지 복도가 시끌벅적하기 시작했다. 좀 있으니 문을 두드리며 이 군이 초조한 모습으로 나타났다. 그는 야마다가 잠들어 있는 것을 보고 놀라서 얼굴이 일그러졌다. 나는 서둘러 밖으로 나가 이야기하자고 말하며 그를 복도로 끌고 나갔다.

"선생님은 조선인이라고 따돌림당하는 게 무서워서." 그는 조롱하듯 외쳤다. "저 녀석을 결국 끌어안으시려는 거죠?"

"무례하게 말하지 마시오."

나는 어쩐 일인지 울컥해서 화를 냈다. 분명히 나는 그의 출현에 당황했던 것 같다.

"야마다는 이 극심한 빗속을 걸어 나를 찾아왔소. 그리고 돌아가려고 해도 돌아갈 곳이 없어요."

"누가 돌아갈 곳이 없다는 겁니까? 그 가여운 부인이야말로 돌아갈 곳이 없습니다. 지금 저 자식은 자기 아비 있는 데로 가면 돼요. 저주받을 놈, 악당 자식!"

그러더니 그는 갑자기 비실비실하면서 애원하듯 훌쩍거렸다.

"어째서 선생님은 그 불쌍한 부인을 동정하지 않습니까? 왜 저 가여운 부인을 생각하지 않는 거죠……?"

"그만 좀 하시오."

나는 부탁하듯 말했다. 내 말이 떨리고 있었다. 머릿속이 어질

어질해서 어쩌면 좋을지 알 수 없었다.

"선생님……."

"제발 그만 좀 해 주겠나!"

나는 갑자기 단말마와 같이 절규했다. 미쳐버릴 것 같았다.

그는 비틀비틀 일어서더니 그 자리를 떠났다. 나는 거친 격투라도 치르고 난 사람처럼 녹초가 되어 벽에 기대어 섰다.

물론 나는 순정한 이 군을 이해할 수 있다고, 스스로에게 말했다. 나 자신도 그런 시기를 지나왔기 때문이다. 하지만 다음 순간, 내가 현재는 미나미로 불리고 있다는 사실이 벨소리처럼 내 오관을 타고 울려 퍼지는 걸 느꼈다. 나는 깜짝 놀라 언제나 그랬듯이 변명할 이유를 생각해 내려고 했다. 하지만 이미 그럴 수는 없었다.

'위선자 녀석, 너는 또 위선을 떨려고 하는구나.'

내 곁에서 다른 목소리가 들렸다.

'너도 지금은 근성이 바닥나서 비굴해졌잖아.'

나는 깜짝 놀라 그 목소리로부터 뒷걸음질 치려는 듯 대답했다.

'어째서 나는 늘 비굴해지지 않을거라고, 그럴 수 없다고 애쓰고 있을까? 그것이 오히려 비굴의 늪으로 발을 담그기 시작한 증거가 아닌가……'

하지만 나는 끝까지 말할 용기가 나지 않았다. 지금까지 나는 자신이 완전히 어른이 되었다고 생각했다. 아이처럼 비뚤어지지도 않고, 젊은이처럼 광적으로 ××(검열 중에 복자 처리된 부분 - 옮긴이) 하지도 않는다고. 하지만 역시 나는 안이하게 비굴을 짊어진 채 엎드려 있었던 것일까? 따라서 지금은 스스로를 다그치는 쪽을 택했다. 저 무구한 아이들과 조금이라도 거리를 두지 않기 위해서라고 말했다. 하지만 결국, 자신을 꼭꼭 숨기려고 오뎅 바에 온 조선인과 너는 무엇이 다르다고 할 것인가!

그래서 나는 항변하기 위해서라고 말하려는 듯 이 군을 윽박지르려 했었다.

그렇다면 일시적인 감상이나 격정으로 '나는 조선인이다, 조선인이다.'하고 외치는 오뎅 바의 남자와 너는 대체 무엇이 다른 것인가. 그것은 또 나는 조선인이 아니라고 외치는 야마다 하루오의 경우와 본질적으로 무슨 차이가 있는 것인가? 머리 색이 다른 터키인의 아이조차 이곳 아이들과 씨름을 하며 순진하게 놀고 있는 것을 본다. 하지만 왜 조선인의 피를 받은 하루오만은 그것이 불가능한 것인가? 나는 그 이유를 너무나 잘 알고 있다.

그래서 나는 이 땅에서 내가 조선인이라는 것을 의식할 때마다 무장해야 했다. 그렇다, 분명히 나는 혼자만의 진흙탕 같은 연극에 지쳤던 것이다.

방은 어둑해졌다. 나는 하루오의 침상 옆으로 다가갔다. 그때 나는 깜짝 놀라 눈을 크게 떴다. 새우처럼 몸을 구부리고 자신의 오른팔을 베개에 대고 눈을 반쯤 뜬 채 잠을 자는 야마다 하루오의 모습. 나는 나도 모르게 손으로 입을 막았다.

'아, 한베에의 아이다!'

드디어 기억해 냈다. 지금까지 눈앞에 어른거리면서도 도저히 생각나지 않았던 한베에.

'한베에의 아들이다!'

나는 기절할 듯이 놀랐다. 아, 이건 또 무슨 일인가! 이런 모습을 하고 누워있는 한베에를 얼마나 오랜 시간 보았는지 모른다. 품위 없이 헤벌린 입이나, 큰 눈에 노인처럼 주름이 덮인 모습까지도 아버지를 쏙 빼닮지 않았는가! 그 아이가 그와 꼭 닮은 모습을 하고 내 옆에서 잠들어 있다. 사실 나는 그 한베에와 두 달 넘게 같은 유치장에서 지냈다. 그를 생각하는 것만으로도 등골이 서늘해지는 것 같다. 그것은 내가 하루오를 정말 사랑하기 때문이다. 순간적으로 이 이질적인 하루오란 아이가 종국에는 아버지 같은 인간이 되는 것이 아닌가 하는 두려운 예감이 뇌리를 스쳤고, 나는 섬뜩하여 몸이 떨렸다.

생각해 보니 내가 M경찰서의 유치장에서 한베에를 만난 것은 작년 11월의 일이다. 그때 그는 빙글빙글 웃으면서 내 옆으로 다가왔다. 주름진 말상의 얼굴에 커다란 눈이 불량스럽고 약간 기분 나쁜 남자였다. 하지만 영락없이 조선인이구나 라고 생각했다.

"어이! 너, 셔츠 좀 빌려줘!" 그는 내 단추를 풀려고 했다. 나는 약간 흥분한 상태였기 때문에 거칠게 그를 밀치며 구석 쪽으로 가서 앉았다. 다른 패거리들은 모두 뭔가를 기대하는 기분 나쁜 눈으로 그와 나를 번갈아 지켜보았다.

"짜식, 해 보자는 거냐?"

그는 날 선 목소리로 말했다.

"이 조선인 자식, 나를 우습게 봤다 이거지?"

그는 팔을 걷어 올렸다. 그때 복도를 걷고 있던 간수가 창문을 들여다보았다.

"야마다, 앉아!"

간수가 외치는 소리를 듣고 그가 일본인이라는 것을 처음 알았다.

그는 이를 다 드러내며 히죽 웃더니 얌전히 자기 자리로 돌아갔다. 그리고 괜히 도시락 젓가락을 부러뜨려 벽에 못처럼 꽂아 넣더니, 밖에서 보이지 않도록 상의를 걸고는 아무 일도 없었던 것처럼 행동했다. 나는 저도 모르게 웃음이 터지는 걸 참았다.

바로 그때, 야마다 옆에서 선잠을 자던 수염이 많이 난 왜소

한 남자가 머리를 그에게 기대려고 하자, 그는 갑자기 거친 주먹을 그 남자의 머리에 꽂았다. 그리고 엄청난 기세로 노려보았다. 그날 저녁 야마다는 나에게 도시락을 건네주지 않았다. 허겁지겁 음식을 제 입에 쑤셔 넣으며 탐욕스럽게 먹었다. 나에게는 그 순간의 그 모습이 지금도 눈에 선하다. 그래서 언젠가 하루오가 밥 먹는 모습을 보고 문득 한베에를 떠올리기까지 했던 것이다.

그는 비겁한 폭군이었다. 모두 그를 두려워했지만, 뒤에서는 다들 미워했다. 그는 필요 이상으로 간수의 눈을 두려워하는 대신 신입 수감자나 약한 자에게는 매우 난폭했다. 그 중에서 사납게 소리치는 것은 그가 가장 잘하는 일에 속하는 것 같았다.

"이 몸은 말이야, 이래 봬도 에도(도쿄의 옛 이름 - 옮긴이) 구석구석을 누비던 사람이라고. 까불지 마! 네 놈 같은 좀도둑이랑은 급이 다르니까…."

유치장에는 야마다 외에 짝패로 보이는 사람도 예닐곱 명 있었다. 그들의 이야기에 따르면 그들은 아사쿠사를 주요 무대로 하는 다카다 파로, 유명한 배우들을 협박하여 큰돈을 모았다는 것이다. 그는 그중에서도 자신이 얼마나 용맹했는지를 떠들었다. 하지만 그래봤자 그 패거리 속에서도 '모자란 놈'이라는 뜻으로 한베에라 불린다는 걸 금방 알 수 있었다. 나는 지금까지도 그의 본명을 모른다. 그 안에서 나는 그에게 익숙해졌고 그의 본성도 거의 이해할 수 있게 되었다. 내 자리도 점점 그에게 가까워져 갔다. 유치장 안에서는 오래된 사람부터 문 가까운 쪽에 앉도록 돼 있었기 때문이다. 이윽고 나는 한베에와 마주 앉게 되었다. 잘 때는 바로 옆자리에서 잤다. 그는 나에 대해서는 이미 온순해져 있었지만, 그와 함께 자는 것은 극심한 고통이었다. 입 냄새도 참을 수 없게 심했지만, 무엇보다 밤새 사타구니를 긁적긁적 긁어대는 것을 참을 수가 없었다. 자기 입으로 매독이라고 했다. 나는 이미 매독이 그의 머리까지 올라왔을지도 모른다고 생각했다.

어느 날 밤, 그는 묘하게 차분해져서 물었다.

"넌 조선 어디냐?"

"북쪽이다."

"나는 남쪽에서 태어났어."

그는 교활하게 내 기색을 살폈다. 그러고는 모든 걸 부정하듯이 코웃음을 쳐 보였다. 하지만 나는 대단히 놀랐다는 표정은 보이지 않으려 애썼다.

"그래?"

그러자 그는 이를 드러냈다.

"정말이야."

물론 이런 이야기는 둘이서 소곤소곤 말하는 것이다.

"내 마누라도 조선 여자야."

"호오…."

나는 나도 모르게 눈을 동그랗게 떴다.

그는 기분 좋다는 듯이 히죽거렸다. 그에게 뭔가 사정이 있는 게 틀림없다고 생각했다.

"조선에 가서 데려왔나?"

"우스꽝스럽고 귀찮은 여자야. 직접 스사키(州崎)의 조선 요릿집에 친구랑 같이 담판을 지으러 가서 그 여자를 나한테 달라고, 안 그러면 가만두지 않겠다고, 문짝에 불을 질러 버린다고 했지. 그랬더니 녀석들이 새파랗게 질려서 여자를 넘겨줬어."

그는 힐끗 곁눈으로 나를 보았다. 때마침 비쳐 들어온 새벽 달빛에 그 눈은 한층 처참하게 그늘졌다.

하지만 다음 날 아침에는 아무 일도 없었다는 듯, 언제 자신이 그런 말을 했냐는 식이었다. 언제나처럼 약한 자들을 괴롭히고 신입 수감자의 도시락을 빼앗았다. 하지만 나는 그날 밤 이후 점점 더 그를 수상히 여기게 되었다. 그래도 그가 경찰서에서 야마다라 불리는 걸 보면 일본인인 것은 틀림없었다. 그래서 그의 어머니가 조선인일지도 모른다는 생각을 했으나 그걸 확인할 기회도 없이 나는 기소유예 되어 유치장을 나왔다.

그리고 이제야 겨우 그를 기억해 낸 것이었다. 나는 얼마나 아둔한 사람인가. 이름만 봐도 알 수 있는 것이 아니었는가! 처음에 야마다 하루오를 보았던 순간부터, 내 눈에는 한베에의 모습이 어렴풋이라도 스쳤을 것이다. 하지만 나는 그것이 한베에라는 것을 알아차리지 못했다. 어쩌면 하루오에 대한 애정 때문에 무의식중에 그 어렴풋한 기억 속 남자가 한베에일까 봐 두려웠는지도 모른다.

"한베에."

나는 다시 한번 조용히 중얼거렸다.

하지만 하루오는 쌕쌕 기분 좋은 잠에 빠져있었다.

"내 마누라도 조선 여자야."

그렇게 말하던 한베에의 비굴하게 웃는 얼굴이 내 망막에 몇 겹이나 겹쳤다. 그러다 어느 사이엔가 그 모습은 하루오의 자는 모습에 겹쳐졌다. 그때 희미하게 하루오가 신음 소리를 냈던 것 같다. 그의 얼굴이 경련하듯 실룩실룩하더니, 끙끙 신음하며 몸을 뒤척이다 놀란 듯이 눈을 떴다.

"왜 그래? 꿈이라도 꾼 거니?"

나는 땀범벅이 된 그의 목덜미를 닦아주며 물었다.

그 애는 다시 눈을 감더니 잠꼬대처럼 중얼거렸다.

"아버지가 이번에는 나를 죽여 버린댔어."

4

　나도 밤새도록 깊은 잠을 못 자고 두서없는 꿈만 꾸었다. 아침에 눈을 떠 보니 이미 하루오는 보이지 않았다. 나는 놀라서 아이오이 병원으로 가면 그가 있을 거라고 스스로를 안심시켰다. 그날은 일요일이라 하루오도 학교를 쉬는 날이었다. 어느새 나는 병원 현관에 서서 벨을 누르고 있었다. 마침 의사 윤이 나와서 나를 하루오 엄마의 방으로 안내해 주면서 말했다.
　"부인의 이름이 야마다 테이준(山田貞順)이던데. 조선 사람이 아닌 거 같아. 말투도 그렇고 테이준(정순)이라는 이름도 이상해서 부상당한 순간의 상황을 조선어로 물어봤는데 입을 다물고 대답을 안 해. 그냥 쓰러진 거라고 일본어로 말하네."
　"아, 그런가?"
　나는 우물쭈물 물었다.
　"상처는 어때?"
　"뭐, 괜찮아. 하지만 아무래도 얼굴에 칼자국은 남을 거야. 관자놀이 부분에 정말 불쌍할 정도로 심한 상처가 생겼어. 자, 저쪽이야. ……야마다 상, 아드님을 가르치는 선생님이 오셨습니다."

하루오는 없었다. 다다미 열두 장 정도 되는 방에 침대가 다섯 개 정도 마주 보고 있었고, 어느 침대에나 환자가 있었다. 구석 쪽에 그녀가 누워있었다. 하얀 붕대로 둘둘 감은 얼굴 가운데 솟은 입과 코 부분만 조금 밝게 보였다. 그녀는 가만히 아무 말도 하지 않았다. 의사 윤은 회진을 위해 자리를 떴다. 그녀에게 어떻게 말을 걸어야 할지 몰라 잠시 머뭇거렸다.

"많이 아프시죠? 하루오 군도 많이 걱정하고 있습니다."

나는 이렇게 말하며 하루오 이야기를 꺼냈다.

"저는 협회에서 하루오를 가르치고 있습니다……. '남'이라고 합니다."

기분 탓일까, 그녀가 조금 몸을 앞으로 움직인 것 같았다. 분명히 내가 조선인의 이름을 가졌다는 사실에 놀란 것이 틀림없었다.

"아, 아."

그녀는 손가락 끝을 미세하게 떨면서 신음했다.

"하루오……하루오가 정말 제 걱정을……."

"……."

나는 대답을 잃었다.

"으흑!"

그녀는 감동한 나머지 오열했다.

"우리 하루오가, 정말……나를 걱정한다고……말씀하신 건가요?"

　나는 씁쓸한 기분이 들었다. 자연스럽게 하루오 이야기를 해서 그녀를 위로할 수밖에 없었다.

"저는 매일 하루오 군과 놉니다. 때로는 실망스러우실 때도 있겠지요. 하지만 아직 정말 어린애이니, 그러다가 또 어머니께 자랑스러운 하루오가 될 거라고 생각합니다."

　나는 실제로도 그렇게 생각하고 있었다. 그가 지금의 성격을 갖게 된 여러 가지 요인을 고려하여 따뜻한 손을 내밀어 지도하면 하루오도 반드시 자기 안의 깊은 인간성에 점점 눈뜨게 되리라.

　하지만 그녀는 대답을 못 했다. 숨을 죽이며 내가 하는 말에 주의를 기울일 뿐. 나는 계속했다.

"처음에는 역시 어머니께서 하루오를 데리고 조선으로 돌아가는 수밖에 없다고 생각했습니다."

　그녀는 깜짝 놀랐다.

"어머니를 위해서도 또 하루오의 장래를 위해서도 그게 제일 좋다고 생각했습니다. 하지만 당신에겐 지금도 한베에 씨를 소중하게 생각하는 마음이 있는 거죠?"

"아이고……아무것도 묻지 말아 주세요."

　그녀는 깊은 슬픔이 묻어나는 작은 목소리로 말했다.

"제 남편인걸요……."

"아무것도 숨기실 건 없습니다. 저는 우연히도 한베에 씨를 잘 알고 있습니다."

"아!" 하고 그녀는 예상대로 놀라며 목소리를 삼켰다. 그녀는 완전히 침몰할 것처럼 신음했다.

"……하지만 그 사람, 저를 자유로운 몸으로 만들어 준 사람입니다. ……그리고 저는, 조선 여자입니다……."

결국 그녀는 목멘 소리로 말했다.

지금도 이런 노예 같은 감사의 마음에 의지하여 살아가고 있다니! 잔악무도한 한베에를 떠올리니 어디에도 비할 수 없는 시름겨운 기분에 잠겼다. 언젠가 스사키의 조선 요릿집에 가서 주인을 협박하여 데리고 왔다는 여인이 바로 이 사람이었을 것이다. 비겁하고 잔인한 한베에가 이 의지할 곳 없는 조선 여인에게 눈독을 들였다가 자기 여자로 만들었다는 이야기가 아닌가! 그녀는 처음부터 그의 희생양으로 선택된 데 지나지 않는다. 폭력적인 반푼이 한베에에 비하면 이 사람은 얼마나 애처로운 여자인가. 나는 그들 부부의 일상생활을 상상할 수 있을 것 같았다. 그녀는 매일 괴롭힘을 당했겠지. 무일푼으로 견디며 두 손 모아 그를 숭배했겠지. 그런 이유로 하루오 같은 이질적인 아이가 생겼을 것이다. 자신은 조선인이라고, 그녀는 너무나 슬프게 말했다. 그녀 입장에서는 또 어쩌면, 자신이 일본인과 결혼했다는 것을 일종의 긍지로 여기고 이 역경을 살아내고 있거나 최소한의 위안을 얻고 있는지도 모른다. 나는 오히려 한베에를 향해 그녀가 굉장한 증오심을 느낄 거라 기대했고, 같은 고향 사람으로서 의분의 기쁨에 취하고 싶었다. 하지만 보기 좋게 한 방 먹은 것이다.

"선생님."

"네."

"저, 부탁이 있습니다."

"말씀하세요."

"부탁……드립니다. 되도록 저희 하루오를……상대하지 말아……주세요."

"……."

나는 가만히 입을 다문 채로 그녀를 지켜보았다. 그녀는 금방이라도 울 것 같은 목소리였다.

"……하루오는……혼자서도 잘 놉니다……,"

상처때문에 심하게 고통스러운지, 그녀는 다시 산송장이 되었다. 그러더니 다시 또 희미하게 신음소리를 내며 말했다.

"혼자서……여러 아이들의……목소리도……흉내 내며……재미있게……놀지요. ……춤을 잘 춥니다. 저는 눈물겨웠습니다. 어디에선가 보고 와서는……혼자서 열심히 춤을 춥니다……그러다가 그 애도 웁니다."

"역시 조선인이라고 밖에서 놀림을 당한 건가요?"

"하지만 지금은 울지 않아요."

그녀는 힘주어 강하게 부정했다.

"하루오는 일본인이에요……하루오는 그렇게 생각하고 있어요……그 아이는 제 아이가 아니에요……그걸 선생님이 막는 것은……나쁘다고 생각합니다……."

"한베에 씨도 조선의 남쪽에서 태어났다고 들었습니다만……."

"네, 그래요. ……어머니가 저처럼 조선인이었습니다. ……하지만 지금은 ……조선인이라는 말만 들어도……화를 냅니다……."

"하지만 하루오 군은 저를 잘 따릅니다. 사실 어젯밤 그 아이는 제 방에서 잤습니다."

"……."

"이제는 어머니에 대한 하루오의 태도도 점점 달라져 갈 거라고 생각합니다."

나는 격려하듯 말했다.

"가까운 시일 안에 하루오는 어머님에 대한 애정을 되찾을 겁니다. 하루오가 저에게 온 것은 꼭 저에 대한 애정 때문이 아니라, 어머니에 대한 애정의 다른 표현이었다고 생각해요. 분명히 하루오는 애정에 굶주려 있어요. 어머니에게 솔직한 애정을 줄 수도 없고, 또 어머니의 애정을 순진하게 받을 수도 없습니다. 하지만 하루오는 점점 나아져 가고 있어요……."

"정말 그럴까요?"

오히려 그녀는 절망적인 깊은 한숨을 내쉬었다.

"……그 아이가……."

그때 문 쪽에서 조선옷을 입은 노파가 한 사람, 나동그라지듯 뛰어 들어왔다. 나는 한눈에 그녀가 이 군의 어머니라는 것을 알 수 있었다. 나는 침대 곁에서 조금 물러났다. 노파는 정순의 무참한 모습을 보자마자, 후, 한숨을 내뱉고는 조선어로 외쳤다.

"이 무슨 끔찍한 꼴이야! 그 악당 놈 분명히 천벌을 받을 거야. 이봐, 하루오 엄마! 나 알아보겠어? 이 쨩 엄마야, 이 쨩. 정신 똑바로 차리고 빨리 나아야 해, 알겠어?"

정순은 손가락 끝을 떨면서 주변을 더듬었다. 노파는 그 손을 잡았다.

"상처가 좀 나으면 이번에야말로 그가 찾아내지 못하게 고향으로 도망쳐서 돌아오지 마. 언젠가처럼 다시 돌아오지 말라고. 돌아와서 좋을 거 하나도 없으니까."

정순은 흐느꼈다. 노파가 갑자기 뭔가 생각났다는 듯이 서둘러 보따리를 풀자 안에서 여름밀감 두 개가 나왔다.

"여름밀감이야. 먹으면 갈증이 좀 가실지도 몰라."

그녀는 열심히 밀감 껍질을 벗겼다.

"이 쨩이 아줌마 주라고 사 온 거야. 그 아이도 오늘 면허증이 나와서 한 사람 몫 하게 되었다고 좋아하고 있어."

"그럼 몸조리 잘 하세요."

나는 역시 그 자리를 뜨는 것이 좋겠다는 생각이 들어, 그렇게 말하고 문밖으로 나갔다. 그때 하루오 어머니의 한숨 소리 같은 가느다란 조선어가 들렸기 때문에 나는 깜짝 놀라 멈춰 섰다. 그녀는 노파를 향해 조선어로 애원하듯 말했다.

"아주머니. ……저는 아무래도 돌아갈 수 없어요……얼굴에 이렇게 심한 상처도 생겼고요……이젠……그 사람……나를 팔아버린다는 말, 못할 거예요……저 같은 걸 사 갈 사람도 아무도 없고요."

그리고 경련이라도 일으킨 듯 갑자기 일어나려고 했다.

"아!"

"하루오 엄마, 왜 그래?"

노파는 서둘러 그녀를 안아 침상에 앉혔다.

"……무슨 소리가 났어요."

그녀가 무슨 느낌이라도 들었는지 숨을 죽였다.

"아주머니……하루오가 와요. 날 보러 온다고요……."

그러고는 갑자기 날카롭게 외쳤다.

"아주머니, 나가세요! ……숨어요!"

"아무도 안 와. 아무도 보이지 않잖아."

노파는 슬픈 듯이 울음을 삼켰다.

나는 조용히 문을 빠져나왔으나 어쩐 일인지 땀에 흠뻑 젖어 있었다. 그때 나는 누군가의 작은 그림자가 복도 모퉁이를 서둘러 가로질러 가는 걸 본 것도 같았다. 누구인지 확실히 구분되지는 않았지만, 아니, 그것은 정말로 하루오가 아닐까, 하는 생각이 반짝 스쳤다. 나는 서둘러 그 모퉁이를 돌아 미심쩍은 듯 주변을 바라보았다. 과연 내 추측은 틀리지 않았다. 2층으로 올라가는 계단 뒤 어둑한 구석 쪽에 야마다 하루오가 찌그러지듯 몸을 감춘 채 눈을 반짝이고 있었다.

"어떻게 된 거야?"

나는 가까이 다가갔다.

그는 황급히 고개를 내저었다. 그리고 겁먹은 듯이 점점 구석으로 엉덩이를 붙였다. 뭔가 감출 것이라도 있는지, 오른손을 뒤로 돌리고 내놓지 않았다. 당장 비명이라도 지를 것 같았다.

"어머니 병문안 온 거지?"

나는 목이 뜨거워지는 것을 느끼며 말했다. 정말 감동했던 것이다.

"어머니는 조금 전에도 너를 보고 싶다고 말씀하셨어."

그는 한층 더 세게 고개를 흔들었다. 나는 만족스럽지 않아서 그의 몸을 끌어당겼다. 그 애는 뒤로 돌린 손을 놓지 않았다. 그것은 뭔가 하얗고 작은 종이 포장이었다. 그는 너무 꼭 쥐어서 찌그러진 그것을 필사적으로 감추려 했다. 하루오가 어머니를 위해 뭔가를 가져왔다고 생각했다. 자기 어머니 병문안을 오면서 남의 눈을 피하거나, 알리지 않으려고 한다는 건 얼마나 슬픈 일인가. 나는 오히려 소년의 그런 모습이 뭐라 말할 수 없을 만큼 애처로워 보였다. 내가 말했다.

"어머니가 분명히 좋아하실 거야."

그때 갑자기 그는 내 몸에 머리를 묻고 흐느껴 울기 시작했다.

"바보네."

그 애는 점점 더 격하게 울었다. 그 순간 어떻게 된 일인지 하얗고 꾸깃꾸깃한 작은 종이 포장이 떨어졌다. 나는 그것을 보고 적잖이 묘한 기분이 들었다. 잘게 썬 연초 꾸러미였다. 그것은 내가 오늘 아침 일어났을 때, 책상 위나 서랍 속을 한참 찾아도 안 나오던 '하기(싸리라는 의미를 가진 저가 담배 이름. 1910년대 이후 1945년 이전까지 일본에서 가장 많이 팔린 담배였다 - 옮긴이)'의 오래된 꾸러미였다.

"뭐야, 그래서 선생님을 피했구나? 그냥 선생님한테 말하고 가져왔다면 좋았을걸. 자, 이제 그런 일은 조심하면 되는 거야. 자, 자, 어머니가 기다리신다, 가져다드려. 왼쪽 세 번째 방이야."

그리고 그를 격려하듯 어깨를 두드려 주었다.

"이런, 야마다 답지 않아. 이제부터 말이야, 선생님은 협회로 돌아가서 기다리고 있을게. 네가 오면 어제 약속한 것처럼 둘이서 우에노에 놀러 가자!"

그는 엉엉 울기 시작했다. 나의 마음도 흔들리고 있었다. 하지만 병원 안에 있는 것은 그 애를 더욱 몰아세우는 일 같아서 그에게 병실을 가르쳐 주고는 서둘러 밖으로 나왔다. 그리고 왜 그애가 내 방에서 담배를 가지고 왔는지 이런저런 생각을 해 보았다. 그의 어머니가 피우는 거라고밖에 상상할 수 없었다. 이 무슨 엉뚱한 아이더냐. 나는 그때도 한베에가 유치장에서 상의를 벽에 걸고 빙글빙글 웃던 모습이 생각났다.

5

한 시간 정도 후에 야마다 하루오는 다시 내 앞에 모습을 나타냈다. 하지만 그는 손가락을 입에 문 채 발끝만 쳐다보고 있었다. 뭔가 속 시원한 안도감이라도 든 것일까? 입가가 당장에 웃음으로 터질 것 같았다. 뭔가 멋진 일을 한 아이가 어른 앞에서 쑥스러워하는 모습이었다. 그 애의 얼굴에 이 정도로 순수한 아이의 모습이 보인 일이 있었을까? 그는 이제 완전히 나를 믿고 있는 것이 틀림없었다. 나도 엷은 웃음을 짓고 아무것도 묻지 않았다.

"자, 나갈까?"

모자를 잡으면서 그렇게 말했을 뿐이었다.

전날 밤의 폭풍 뒤 살짝 쌀쌀할 정도의 오후였다. 히로코지(広小路. 전차노선 우에노히로코지역(上野広小路駅)으로 추정된다 - 옮긴이)에 내렸을 때는 마침 일요일이어서 서로 밀고 밀리도록 붐볐다. 어느새 삼킬 듯이 마쓰자카야(松阪屋. 1910년에 문을 연 일본의 백화점 - 옮긴이) 입구까지 왔기에 따로 볼일은 없었지만 하루오의 손을 잡고 들어가 보았다. 하루오가 에스컬레이터를 타고 싶어 하여 둘이서 나란히 올라섰을 때, 그 애의 얼굴은 행복감으로 밝아져 있었다. 나 역시 넘치는 기쁨을 온몸으로 느꼈다. 소년 하루오가 지금 모든 사람들 가운데 있다고 생각하니, 신기할 만큼 기뻐서 어쩔 줄 모를 정도였다. 그는 하루오인 동시에 지금은 내 옆에 서 있는, 또 사람들 가운데에 서 있는 존재인 것이다. 에스컬레이터를 타고 둘이서 나란히 3층까지 올라갔다. 사람이 북적대는 곳을 누비며 우리는 5층인지 6층인지까지 올라갔다. 우리는 식당 한구석에 서로 마주 보고 앉았다. 하지만 필요 이상의 말을 나누지는 않았다. 그 애는 아이스크림과 카레라이스를 고르고 나는 소다수를 마셨다.

"맛있어?"

"응!"

그 애는 접시 위에 얼굴을 박은 채 나를 올려다보며 말했다.

"백화점 카레라이스는 맛있네."

엘리베이터를 타고 다시 내려와 1층 특별 매장에서 그의 언더셔츠를 1엔에 샀다. 그는 방긋방긋 웃으며 포장 끈을 길게 늘어뜨리고 나왔다.

공원에도 유난히 사람이 많았다. 우리는 돌계단을 올라 큰길로 나갔다. 울창한 나무는 오후의 담담한 햇살을 받아 께느른하고 조용하게 흔들리고 있었다. 하늘은 우중충하게 흐리고 바람은 때때로 높은 나무 끝에서 비 오는 소리를 내고 있었다. 휑뎅그렁한 큰길에는 촌사람으로 보이는 여자와 남자들이 줄줄이 걷고 있었다. 소년은 어느 사이엔가 새로 산 언더셔츠로 갈아입고 누더기 옷을 옆구리에 끼운 채, 때때로 휘파람을 불었다. 무어라 표현할 수 없을 만큼 그가 귀엽게 여겨졌다. 하지만 그에게 좀처럼 말을 걸 수는 없었다. 갑자기 그 애가 내 옷자락을 잡아당기며 말했다.

"선생님, 말할 거야?"

"뭘?"

그의 눈은 언제나 그랬듯이 의심과 반항으로 빛나고 있었다. 갑자기 정신이 들었다. 담배 이야기를 하는 것이었다.

"말할 리가 있어? 아무한테도 안 해. 다친 어머니를 위해서 가지고 온 거잖아. 선생님은 오늘 하루오가 정말 착한 일을 했다고 생각할 정도야. 어머니가 담배를 좋아하시는 거지?"

"좋아하지 않아."

그는 묘하게 기운이 빠져서는 떨떠름하게 중얼거렸다.

"엄마는 피가 나면……언제나 담뱃가루를 상처에 붙였어요, 난 그걸 잘 알고 있는걸?"

그랬었구나, 나는 저도 모르게 숨을 죽였지만, 어쩐 일인지 놀란 기색조차 보일 수가 없었다. 눈앞이 갑자기 흐릿해져 왔다. ×××××××××(검열에 의해 복자 처리되어 있으나, 초출인『문예 수도』에는 '한 베에한테 맞아서'로 되어 있다 - 옮긴이) 피가 나면, 그녀는 가엾게도 담뱃가루를 침으로 개어 몇 겹이나 상처에 붙인 것이 틀림없었다. 그녀의 고향 사람들이 그런 식으로 상처를 치료하듯이.

"그랬구나."

우리는 어느 사이 경찰서 근처까지 와 있었다. 그 옆에 튼튼해 보이는 체중계가 놓여 있었다. 나는 그것을 보고 분위기를 바꾸듯이 돌아보며 멋쩍게 웃음을 건네면서 재어 보겠느냐 물었다. 그러자 그는 기꺼이 뛰어올랐다. 너무나 힘주어 뛰어올랐기 때문에, 체중계 바늘이 야단 법석 춤을 추기 시작했다. 생각보다 무게가 나가는 것 같았다. 그때 하루오는 뭔가에 놀란 듯이 나에게 뛰어오르며 가만히 손가락으로 큰길을 가리켰다. 뭔가 싶어서 그 애가 가리키는 방향을 보니 마침 자동차 한 대가 우리 앞에 가로서는 것이었다.

"아니?" 하고 보니 운전석에서 이 군이 새 모자의 챙에다 살짝 손가락을 올리며 방긋 인사를 했다. 나도 반가워서 그쪽으로 다가섰다.

"축하합니다! 조금 전에 병원에서 이 군 어머니를 뵈었어요. 합격했다고?"

하루오는 그다지 주눅 들지 않고 내 옆에 붙어 있었다. 그것을 본 이 군은 기분 나쁘다는 듯 눈을 돌렸다.

"네, 지금 저도 병원에 다녀오는 길입니다."

그렇다면 그는 거기에서 하루오를 만났을 것이다. 이 군은 검고 아름다운 눈을 반짝이면서, 역시 기쁨을 감추지 않고 신이 나서 떠들었다.

"저도 이젠 한 사람 몫을 하게 되었어요. 이건 정말 기쁜 일입니다. 37년형이지만 비교적 새 차고, 엔진도 튼튼해요."

그는 의젓하게 셀모터(자동차 전동기를 의미하는 일본식 영어 - 옮긴이)를 밟았다. 내 눈에는 흔하디흔한 포드형 차에 그렇게까지 좋아 보이지 않지만,

"정말 멋진 차군요!"

하고 대답했다.

"오늘은 하루오 군과 함께 놀러 나왔어요."

그리고 소년을 추켜세우듯이 계속 말했다.

"방금 전에도 나는 이 군의 차를 알아보지 못했는데, 하루오 군이 가르쳐 줬어요."

"어떠세요? 한 번 타 보시겠어요? 동물원이라도 가시죠?"

그는 문을 열고 적극적으로 권했다.

우리 두 사람은 못 이기는 척 손을 잡고 택시를 탔다. 동물원 입구까지는 얼마 되지 않았다.

"어때요? 승차감 좋지요?"

그는 우리를 내려주면서 말했다. 이 순진한 젊은이에게는 오늘이 즐거워서 견딜 수가 없는 것 같았다.

"다른 손님들도 다들 그렇게 말씀해 주셨어요."

"그래요, 새 차라서 기분이 좋아요."

나는 진심으로 말했다.

그는 만족하여 멋지게 핸들을 꺾어 보이고는 아까처럼 손가락을 살짝 올려 작별 인사를 하고 빵빵 경적을 울리며 사람들을 가르면서 마치 복어처럼 빠져나갔다. 하루오는 물끄러미 선 채 부러움에 넘친 눈빛으로 자동차를 바라보았다. 나는 이게 웬 축복받은 날인가 생각했다.

"이 군은 멋진 운전수가 되었네. 하루오는 나중에 커서 뭐가 되고 싶어?"

나는 하루오를 돌아보면서 즐거운 듯 물었다.

"나는, 무용가가 될 거예요."

그는 갑자기 밝은 목소리로 외쳤다.

"오오!"

나는 놀라서 그를 바라보았다. 순간, 그의 몸이 광채를 뿜는 듯했다.

"무용가가 될 거구나!"

문득 이 아이는 정말 멋진 무용가가 될지도 모른다고 생각했다.

"그렇구나!"

"응!"

"나, 춤추는 거 좋아해요. 하지만 밝은 곳에서는 안 돼. 춤은 전기를 끄고 어두운 곳에서 추는 거야. 선생님은 싫어해?"

"아니, 그건 분명히 멋진 일일 거야. 그러고 보니 너는 몸도 아주 좋다."

"선생님도 무용을 정말 좋아하는구나……."

내 눈앞에는 얼핏 이 이상한 태생의, 상처받고 비뚤어졌던 한 소년이 무대 위에서 다리를 펴고 팔을 뻗으면서, 빨갛고 파랗게 엇갈리며 여러 가지 색으로 빛나는 조명을 받으며 빛 속에서 춤추는 모습이 보였다. 나의 전신은 촉촉한 기쁨과 감격에 휩싸였다. 그도 만족한 듯 미소를 지으며 나를 지켜보았다.

"선생님도 춤을 만들어 본 적이 있을 정도야. 선생님도 어두운 곳에서 춤추는 거 좋아. 그래, 이제부터 선생님이랑 같이 춤 연습하자. 잘 하면 더 훌륭한 선생님한테 데려다줄게."

나는 아무것도 꾸며서 말하지 않았다. 나도 한때는 무용가가 되고 싶어서 창작무용을 시도한 기억도 있다.

"응!"

그의 눈은 푸른 별처럼 반짝였다.

'그렇다, 가까운 시일 내에 협회 옆의 아파트라도 얻어서 이사를 해야겠다. 거기에서 우선 단둘이 있어 보는 거야.'

나는 스스로에게 말했다. 그 애가 어떻게 돌변할지는 모른다. 오히려 또다시 나를 배신할 수도 있다. 하지만 완고하고 단단하게 굳어져 있던 그의 마음이 조금이나마 풀어진 이 기회를 놓쳐서는 안 된다고 생각했다.

어찌 된 일인지 그때 우리 두 사람은 얼결에 노목 사이를 빠져나와 벤텐(弁天. 인도 신화에 등장하는 예술의 신. 우에노 공원에는 이 신을 모시는 벤텐도(弁天堂)가 있다 - 옮긴이) 옆을 지나고 있었다. 어젯밤 폭풍의 흔적이 여기저기 남아 부러진 가지가 걸려 있거나 비에 젖은 지면 곳곳에 나뭇잎이 흩어져 있었다. 비둘기들이 벤텐도의 지붕과 오층탑 주변을 소란스럽게 날아다녔다. 등롱 옆으로 나가자 아래쪽에 무성한 수풀 사이로 시노바즈 연못(不忍池)이 한눈에 들어왔다. 그것은 거울을 깔아 놓은 듯 석양을 반사하며 이따금 반짝반짝 금빛으로 빛났다. 대여섯 개의 보트가 떠 있었다. 연못에 걸린 돌다리 난간에는 많은 사람이 기대어 수면을 바라보고 있었다. 어쩐지 가벼운 안개가 서려 있는 것처럼 보였다. 점점 석양이 질 것이다. 저녁노을이 느릿하게 연못을 건너 이쪽으로 번져 오는 것처럼 느껴졌다. 그러자 우리의 마음은 점점 맑게 가라앉았다.

"동물원에 간다는 게 여기까지 오고 말았네."

"그렇지만, 나는 보트 타고 싶어."

그는 수줍어하면서 말했다.

"그래? 그럼, 내려가 보자."

거기에서부터 긴 계단이 이어졌다. 나와 하루오는 그것을 하나하나 밟으면서 내려갔다. 그는 한 계단 아래쪽을 먼저 걸으며 마치 노인이라도 데리고 가는 양, 주의 깊게 내 손을 잡고 가는 것이었다. 하지만 그는 중간까지 내려왔을 때, 갑자기 걸음을 멈추고 내 곁으로 바짝 다가서서는 응석을 부리듯 말했다.

"선생님, 나는 선생님 이름을 알아."

"그래?"

나는 멋쩍게 웃었다.

"말해 봐."

"남 선생님이지?"

그렇게 말하자마자 그는 내 손에 자기 옆구리에 끼고 있던 웃옷을 내던지고 달려 내려갔다.

나도 문득 구원받은 듯한 가벼운 발걸음으로 쓰러질 듯 타다닥하고 그의 뒤를 따라 내려갔다.

천마

천마

1

두꺼운 구름에 짓눌린 어느 아침, 경성의 유명한 유곽 신마치(新町, 현재의 묵동, 쌍림동 일대 - 옮긴이) 뒷골목 어느 사창가에서 지저분한 골목으로 내던져지듯 밀려 나온 사람은 볼품없는 풍채의 소설가 현룡이었다. 그는 정말 난처하다는 듯 한동안 대문 앞에 서서 도대체 어디로 나가야 혼마치(本町. 현재의 충무로 일대 - 옮긴이)로 빠져나가는 길인가를 고민하더니, 갑자기 성큼성큼 앞쪽 골목을 향해 걸어갔다.

하지만 동네가 동네인 만큼 처마가 땅을 기어가듯 맞물려 늘어선 골목이라, 어디로 어떻게 가면 빠져나갈 수 있을지 도무지 짐작이 가지 않는다. 오른쪽으로 꺾어지나 싶으면 또 왼쪽으로 들어가고, 왼쪽으로 나갔더니 골목은 다시 두 갈래로 나뉘어 오도 가도 못 하고 서 있을 판이었다. 뭔가 깊은 생각에 잠겨 걷던 그는 막다른 골목길을 맞닥뜨리고는 아차 싶어 주변을 둘러보았다. 앞이나 옆이나 할 것 없이 대문에 빨강 파랑 페인트를 마구 칠한 토벽은 어느 것 하나 멀쩡한 것 없이 당장이라도 무너질 듯한 집 뿐이었다. 이렇게 해서 또 묵묵히 되짚으며 구석구석 누비고 걷는 동안, 결국 그는 길을 잃고 말았던 것이다. 그리 이르지 않은 시각이었지만, 어느 골목이나 조용하여 때때로 아침에 귀가하는 손님들이 겸연쩍은 듯이 어깨를 움츠리고 어슬렁어슬렁 지나간다. 어디가 어딘지도 모른 채 길을 잃은 소금장수 영감은 괜스레,

"소금이요오, 소금!"

하고 외치며 돌아다니고 있었다.

현룡은 이윽고 삼거리까지 나와서 천천히 '미도리'(조선총독부에서 발매한 담배 이름. 한 갑에 10개비의 담배가 들어 있었다 - 옮긴이) 한 개비를 꺼내어 물고 주변을 돌아보며 언짢은 듯 구시렁구시렁 혼자 중얼거렸다. 아무래도 마음에 들지 않는 여자를 안았다 했더니, 귀갓길 조차 이렇게 애를 먹는군, 하고 푸념했다.

그보다도 그의 마음 한구석에는 아무리 해도 걷어낼 수 없는

먹구름이 걸려 있었다. 때때로 그것은 강렬하게 가슴을 짓누르기까지 했다. 사실 그는 어떤 피치 못할 사정 때문에 이틀 안에 머리를 밀고 절로 수행하러 들어가야 할 몸이었다. 그래서 사바의 기쁨도 이것으로 끝인가 하여 흥분한 나머지, 어젯밤 창녀의 볼을 멜론이다, 멜론이다 외치면서 깨물었던 것인데, 여자는 이 기상천외한 예술가를 이해하지 못하고 깜짝 놀라 달아나 버린 것이다.

그는 그 불쾌한 일을 생각하며, 젠장할, 재수가 없군, 하고 중얼대면서, 조금 경사진 골목길을 터벅터벅 걷기 시작했다. 역시나 막다른 골목, 구불구불 돌다가 이윽고 언덕 위, 양춘관이라 불리는, 역시나 파란 페인트로 칠한 대문 앞에 당도했다. 주변 가득, 수백 수천 언덕을 이루며 밀집해 있는 조선인 사창가의 지붕이 오른쪽에도 왼쪽에도 위에도 아래에도 물결치고 있었다. 따뜻한 초여름의 바람이 불어와 누군가의 시처럼 '우리 지금 산에 오르련다' 하는 모양으로 서 있자니, 물밀듯이 밀려오는 어쩔 수 없는 고독을 감당할 수가 없었다. 남자들이 우왕좌왕하고 창녀들의 교성이 높이 울려 퍼지던 밤의 창녀촌이라고는 생각할 수 없을 만큼, 주변은 한산했다. 몇 천 명이나 되는 젊은 여자들이 이 넘쳐나는 집들 속에서 깨끗이 씻어 둔 감자처럼 뒹굴고 있건만, 자신은 이틀 후면 어두침침한 묘광사 절간에서 눈 뜨고 잠들어야 한다는 것인가? 현룡은 거기에서 두 번째 담배를 꺼내어 불을 붙인 뒤, 후우 하고 연기를 뿜어 올렸다. 아른아른 피어오르는 아지랑이 너머로 서쪽 멀리 천주교 성당(명동성당이라 유추한다 - 옮긴이)의 높은 종루가 보이고, 그 주변에는 고층건물이 빙산처럼 무리지어 있었다. 바로 그가 가려고 하는 목적지였다.

그런데 도대체 어느 쪽으로 내려가야 한다는 것인가, 하고 궁리를 하다가 그는 자신도 모르게 실실 웃음이 나왔다. 조선가옥의 지붕과 지붕을 넘어 남쪽 자락을 바라보았을 때 혼마치 5정목(5丁目, '정목'은 일본의 행정구획 단위를 그대로 적용시킨 것이었다 - 옮긴이)이라 생각되는 언저리에 검은 변압기를 몇 개나 얹은 이상한 전신주가 갑자기 눈에 띄었던 것이다. 언제였던가, 비뇨기과 병원을 찾아 헤매며 걷고 있을 때, 거기에 광고가 달려 있던 것이 갑자기 생각났다. 그렇다, 그걸 표시로 해서 내려가면 되겠구나, 그는 스스로에게 말했다.

혼마치 거리로 말하자면 경성에서는 가장 번화한 일본인 마을로, 동서로 기다랗게 뻗어 있다. 드디어 유곽 입구를 찾아내어 거기서부터 혼마치 5정목을 향해 현룡이 어슬렁거리며 나타났을 때는 이미 11시가 지나 있어서, 거리는 사람들로 평소보다 북적거렸다. 그는 문인이든 관리든 누구라도 좋으니 친한 사람을 만나고 싶다 생각하면서 눈꼬리를 내려 조금 아래를 보는 듯한 자세로 거리 한가운데를 안짱걸음으로 걷기 시작했다. 혹은 그 자신이 말하듯 실제로 유도 초단 이상이기 때문에 지나치게 넓어진 어깨가 몸을 누르기 때문인지는 모르겠으나, 안짱걸음은 그 묘한 전신주를 알게 된 뒤부터 시작되었다. 더구나 그는 지금 구제받을 수 없는 고독과 깊은 우수 가운데 있었다.

하지만 메이지 제과 근처에 올 때까지 결국 누구 한 사람도 만나지 못했다. 그때 문득 메이지 제과에서 열린 어젯밤의 모임이 생각났다.

"네 놈이야말로 조선문화의 무서운 진드기다!"

라고 외치며 접시를 집어 던지던 평론가 이명식의 날카로운 얼굴이 번득인다. 그는 깊은 생각에 잠긴 듯 입구 앞에 서서, 흥, 새파란 애송이 녀석, 지금은 유치장에서……하며 빙긋이 엷은 웃음을 띠었다. 그러고 나더니 어디 한바탕 해 줄까 싶은 기분이 되었는지, 갑자기 가슴을 펴고 어깨를 들먹이며 거칠게 문을 밀고 들어갔다. 홀 가운데는 비어 있었고 외교관 풍의 남자 두 사람 정도가 구석에 마주 앉아 소곤소곤 무언가 이야기를 나누고 있을 뿐이었다. 현룡은 그 한가운데로 서서히 나아가 털썩 주저앉더니, 급사 소녀를 손짓으로 불러 한참 얼굴을 들여다보다가, 여자아이가 기분이 상해 얼굴이 빨개지자 갑자기 외쳤다.

"고-히(커피)!"

여자아이는 깜짝 놀라 달려갔다. 그는 완전히 만족하여 싱글벙글 웃으며 일어나더니 이번에는 어찌할 작정인지 조리실을 향해 개처럼 기어들어가,

"히잇, 스이마센네!"

하고 얼굴을 찡그리고는 손을 쑥 내밀었다.

"오시보리(물수건) 하나만……."

이런 뻔뻔함으로 보건대, 그는 조리사들이 자신을 알고 있다고 생각하는 것이다. 어젯밤 두 시까지 2층에서 일어난 불상사를 알고 있으니, 그들이 현룡을 기억하고 있는 것도 무리는 아니었다. 마침 조선문인들의 모임이 있어서 뭔가를 모두가 열심히 토론하고 있을 때, 구석에서 갑자기 현룡이 낄낄거리며 일어섰다. 한 젊은 남자가 갑자기 그를 향해 재떨이를 던지는 바람에 그는 머리를 맞고 쓰러졌지만, 천장을 보고 누운 채로 반항하듯 낄낄거리며 웃기를 멈추지 않았다. 이명식이라는 젊은이는 임석한 경찰관에게 즉시 상해죄로 연행되었다.

그 자리에 있던 조리사들은 현룡의 뻔뻔함에 꽤나 놀랐고 그가 또다시 조리실 같은 의외의 장소에 나타나니 어리둥절한 얼굴로 서로를 마주 보았다. 누구 하나 웃는 사람도 없이, 단 한 사람만이 놀라 고개를 흔들며 물수건은 없다는 몸짓을 했다. 현룡은 멋쩍은 듯 한 번 웃고 나서는 갑자기 쥐처럼 수도 쪽으로 달려가

물을 콸콸 트는가 싶더니 머리를 내밀고 물을 좍좍 뒤집어쓰며 세수를 하는 것이었다. 모두가 황당해했고, 그가 헤헤헤 하고 멋쩍은 듯 웃으면서 나갈 때,

"머리가 어떻게 된 건가?"하고 한 사람이 고개를 갸웃했다.

"아니, 현룡이야, 현룡."

"그러네, 틀림없어."

"소설가 현룡이야."

이처럼 다들 수군거리면서 배식구에 모여 밖을 내다보았다.

현룡은 이제 자기 자리로 돌아가 얌전히 놓인 조간신문을 움켜쥐더니 얼굴과 목을 닦았다. 그는 힐끗 곁눈으로 조리인들이 모여 자기 쪽에 이목을 집중시키고 있는 것을 눈치채고는 완전히 기분이 들떠 새까맣게 젖어서 구깃구깃해진 신문지를 획 하고 대범하게 탁자 위에 던졌다. 아무렇지 않게 그쪽으로 눈을 돌렸는데, 종이 주름 사이로 커다란 빈대 한 마리가 기어가는 것을 발견하고는 눈을 부릅떴다. 그는 자신도 모르게 빙긋 웃음을 짓는가 싶더니, 약간 몸을 내밀었다. 빈대는 피를 너무 빨았는지 급히 도망치려고는 했지만, 빨갛게 부풀어서는 발이 말을 듣지 않는 듯 몸을 주체하지 못하는 모양새였다. 때때로 미끄러져 나동그라지는데, 손가락 끝을 갖다 대면 또다시 도망치곤 했다.

그는 원래부터 빈대를 좋아한다. 땅에 납작 붙어서 기어가는

모습이, 자신의 모습을 많이 닮았기 때문일까. 아니면 그 유들유들함과 교활함이 좋은 것인지도 모르겠다. 하지만 이것은 지금까지 자신의 목줄기를 타고 기어 다녔을 것이 틀림없는, 어쩌면 그 멜론 볼 여자로부터 옮겨왔을 녀석이구나 생각하니 어쩐지 슬슬 화가 나는 것이었다.

그는 갑자기 어깨를 들썩이며 히히히 웃었다. 아차하는 사이에 빈대는 부지런히 서둘러 이번에는 벽 뒤쪽으로 도망쳐 숨으려 하고 있었다. 그는 재빨리 빈대의 한쪽 끝을 잡아올려 휙 뒤집어서 너무나 재미있다는 듯이 언제까지나 그 모습을 지켜보았다.

그런데 2, 3분도 지나지 않아 갑자기 그는 눈을 치켜떴다가 소스라치게 놀랐다. 빈대가 마침 어떤 기사 제목 위를 지나면서 그로 하여금 한 글자 한 글자 읽게 만들었던 것이다. 정말 이게 무슨 일이란 말인가? 순간 이것은 천우신조라 할 만한 찬스구나, 생각했다. 그리스도의 부활이라고도 생각했다. 비록 학예란 한구석에 적힌 작은 활자이긴 하지만, 그와는 그야말로 예사롭지 않은 인연이 있는 도쿄문단의 작가 다나카가 만주로 가는 도중 경성에 들러 조선호텔에 투숙하고 있다는 것을 알리는 기사였다.

"가야 해."

현룡은 부르르 몸을 떨며 일어나더니, 일단 묵직하게 어깨를 웅크리고 빈대처럼 출입문을 향해 움직이기 시작했다. 그에게는 굳게 믿는 바가 있었다. 마침 커피를 들고 오는 여자아이와 부딪힐 뻔하다가 가로채듯 찻잔을 들어올려 뜨거운 것도 아랑곳하지 않고 꿀꺽꿀꺽 마셨다. 그러고는 아연실색하고 있는 여자아이와 조리인들을 곁눈으로 보며 허둥지둥 나가 버렸다.

혼마치 거리는 오전 중에도 메이지 제과 근처에서 거리 초입까지 넘쳐나는 인파로 번잡하다. 요란스럽게 게다를 끌며 걷는 일본인이나 입을 멍하니 벌리고 가게를 바라보는 흰옷 차림의 촌사람, 진열장에 내놓은 눈동자가 움직이는 인형에 놀라는 노파들, 물건을 사러 나온 일본인 부인, 벨소리도 요란스럽게 달려가는 자전차 탄 아이, 겨우 십 전짜리 짐 나르기를 위해 다투는 지게꾼. 현룡은 이런 사람들의 물결을 헤치며 총총걸음으로 거리를 빠져나와 조선은행 앞 광장에 섰다. 전차가 빈번히 오가고 자동차가 무리를 이루며 로터리를 달린다. 그는 황망하고 부산스럽게 광장을 가로질러 건너편 조용한 하세가와초(長谷川町. 현재의 소공동 일대 - 옮긴이)쪽으로 들어갔다. 한참 걷다 보니 오른편에 옛날식 높은 벽이 이어지고, 고색창연하고 굉장한 대문이 나타난다. 그 대문을 빠져나가면 넓은 정원 안에 대한제국 시절 어느 나라의 공관이었을 멋진 양식 건물이 있었다. 현룡은 거의 무아지경으로 거기까지 더듬어 가서, 가슴 두근거리며 회전문을 밀치고 밀려가듯 들어간다.

"다나카 군을 연결해 주세요."

현룡은 데스크 앞에 서자마자 넉넉히 위엄을 갖추며 입을 열었다.

"저는 현룡이라고 합니다."

가르마를 갈라 단정하게 머리를 빗은 보이는 '녀석, 또 왔군'하는 말투로 빤히 내려다보며 대답했다.

"외출 중이십니다만……."

"외출했다?"

현룡은 너무나 의외라는 듯, 심지어 자신은 그것을 충분히 의외로 여길 만한 사람이라는 듯,

"대체 누구랑?"

하고 물었다.

"네?"

보이는 약간 압도되어 움츠렸다.

"저어기, 무슨 잡지사 분이라던데요."

"잡지사?"

퍼뜩 나쁜 예감에 휩싸이며 다그쳐 묻는 현룡의 얼굴에는 낭패의 기색이 역력했고 불안의 그림자가 스쳐 지나갔다. 분명 오무라일 것이다. 정말 오무라라면 이건 큰일이라고 생각했던 것이

다. 그래서 기침을 하며 물었다.

"U지의 오무라 군 아닌가요?"

"거기까지야 모르죠!"

이번에는 옆쪽에서 중년의 보이가 마치 화를 내듯 외쳤다. 실제로 일본 예술계의 저명인사가 오면, 시시한 문학 떨거지들이 조선의 문인을 대표하기라도 하는 듯한 얼굴을 하고 몰려오기 때문에 보이들은 질려버렸던 것이다. 방금 전에도 다나카는 오무라와 어떤 전문학교 교수와 함께 나갔고 그 뒤를 조선인 문학 떨거지 너덧 명이 쫄레쫄레 따라나간 뒤였다. 현룡은 특히 이런 이유로 방문하는 경우가 많아 매일 손님을 찾아오기 때문에 보이들조차 그를 골치 아파했다.

"그런 것까지는 일일이 기억 못 하니까요."

"헤에, 정말 이거, 헤헤헤, 그렇군요."

현룡은 계속 말하면서 머리에 손을 대고 비굴하게 웃었다. 하지만 아무래도 그가 마음에 걸렸다.

"……오무라 군은 아닐 테죠? 그렇겠죠? 분명 그럴 거요."

몇 번이나 그렇게 중얼거리며 세차게 고개를 끄덕여 보였다.

그러고 나서 갑자기 고개를 내밀고 손으로는 안쪽 로비를 가리키면서,

"잠시 소파 좀 빌립시다."

라고 말하고는 몸을 돌렸다. 그리고 로비라는 곳은 사람을 기다리는 데 도움이 된다는 것을 이 정도로 잘 알고 있다는 듯 어깨를 흔들며 천천히 로비 쪽을 향해 나아갔다. 그러고 보면 그의 소설에는 언제나 호텔이나 로비, 댄스 홀, 살롱, 귀족부인, 흑인 운전사 같은 인물이 잔뜩 등장했다. 그는 무슨 생각이 났는지 갑자기 멈추어 서는가 싶더니 뒤돌아 외쳤다.

"다나카 군이 돌아오면 부탁 좀 합시다. 헤에, 나는 좀 졸려서요."

2

널찍한 로비 소파에 가로누워 코 고는 소리도 드높게 네다섯 시간이나 마음껏 잠을 자던 현룡은, 양복 먼지를 털며 부스스 일어났다. 로비는 벌써 어둑하니 텅 비어 있었다. 그는 양손을 벌리고 늘어지게 기지개를 켜면서 하품을 해댔다. 그러더니 갑자기 공복감이 몰려올 뿐 아니라 좀처럼 다나카가 돌아올 것 같지도 않아서 일단 나가야겠다고 생각하고 잠이 덜 깬 얼굴로 삐쭉, 데스크 쪽을 엿보았다. 마침 데스크에는 아무도 없었다. 그는 재빨리 토

끼처럼 빠져나와 바깥으로 튀어나갔다. 이미 오후의 엷은 햇살이 쓸쓸하게 큰길에 드리워지고 세찬 바람이 먼지를 일으키고 있었다. 어딘가에서 값싼 식사를 하고, 그 후에 다나카 일행이 우선 갔을 법한 장소를 구석구석 찾아야겠다고 생각했다. 그는 다시 걸음을 옮기면서 뜬금없이 '괘씸하군.' 하고 분한 듯이 중얼거렸다. 아마도 다나카가 조선에 온다고 엽서 한 장 보내지 않은 탓이리라. 분명히 그가 자신이 조선에 돌아와 지금은 어엿한 대가가 되어 있다는 둥, 말도 안되는 이야기를 몇 번이나 해 두었건만.

우리의 경성은 고가네도리(黃金通. 지금의 을지로 일대 - 옮긴이)를 경계선으로 하여 그 이북은 완전히 조선인 거리다. 하세가와초에서 고가네도리로 나가서 다방 '리라' 앞을 지날 때 현룡은 잠시 엿볼까 하고 고개를 들이밀어 슬쩍 담배연기 사이를 건너다보았고, 그 순간 자신도 모르게 빙긋 웃었다. 사람들이 잔뜩 똬리를 틀고 있는 가운데 눈에 띄게 새하얗게 차려입은 여류시인 문소옥이 백합처럼 청초하게 앉아 있었다. 그는 갑자기 행복한 기분이 되어 구르듯이 그 안으로 들어갔다.

유명 인사인 현룡이 나타나자 사람들은 서로 쿡쿡 찌르거나 피식 웃거나 일부러 조롱하듯 딴 곳을 보거나 했다. 여류시인은 마침 젊은 대학생 연인을 기다리고 있었던 참이었지만, 사람들에게 주목받는 소설가가 자기 쪽으로 다가오는 것이 기뻐서 모든 것을 잊고 조금 큰 입을 오므리고 웃으면서 그를 맞이했다.

"어머나, 현 선생님, 어쩐 일이세요?"

"헤헤헤, 이거 지극히 재미있는 곳에서……"

현룡은 그녀 앞에 털썩 앉았다. 모두의 호기심 어린 눈은 일제히 이 두 사람 쪽을 향했다. 무엇보다 다들 진작부터 심심하던 차였다. 하지만, 심심하기로 치면 허구한 날 심심한 자들뿐이었다. 이른바 다방에 있는 그들 역시 현재의 조선 사회가 낳은 특별한 종족의 하나일 것이다. 학문은 그럭저럭 했으나 직업을 갖지 못하고, 아무것도 되는 일이 없어서 머리라도 클라크 케이블 식으로 가르마를 타 볼까 하는 패거리들이나, 혹은 어딘가 제작비를 낼 만한 호구는 없나 목을 빼고 닭벼슬처럼 머리를 기른 영화계 부랑자들, 뭔가 수군수군 구석에서 일을 꾸미는 금광 브로커들, 원고용지 다발을 손에 들고 걷지 않으면 예술가가 아니라고 생각하는 저급한 문학청년, 그런 패거리들뿐이었지만 역시나 그들도 두세 시간 이상 이야기하면 화제는 바닥나기 때문에 갑자기 현룡이 나타나 아름다운 여류시인과 마주 앉은 것은 확실히 흥미로운 일이었다. 경성 문화계에서 누구 한 사람 모르는 이가 없는 두 사람이 우연히 만나 한자리에 앉은 것이다. 게다가 문소옥은 현룡에게 있어서 단순한 여류시인만이 아니라는 사실도 그들은 잘 알고 있었다.

"오늘은 또 어쩐 일이신가요?"

그녀는 일부러 부끄러운 듯이 입가에 손수건을 댔다.

"실은 노이에슈타트(Neuenstadt. 신촌 - 옮긴이)에 다녀오는 길이죠."

현룡은 호기심을 자극하듯이 실실 웃음을 띠었다. 물론 여류시
인은 그 독일어의 의미를 몰랐다.

"네?"

그녀가 눈을 동그랗게 뜨자 그는 더욱 득의양양해져서 뱃가죽
을 뒤틀면서 웃는 것이었다. 그리고 뭔가 생각났다는 듯 또 흐흐
흐 웃었다. 그늘졌던 그녀의 뺨에는 살포시 홍조가 떠올랐다. 곱
슬곱슬한 애교머리가 흔들리는 것 같았다. 현룡은 갑자기 경련
이라도 일으킬 것처럼 힘을 주어, 잡아먹을 듯한 눈빛으로 그녀
의 얼굴을 응시했다.

경박한 여류시인 문소옥은 현룡을 더할 수 없이 존경하고 있었
다. 그가 위대한 시의 언어인 라틴어와 프랑스어를 알고 있을 뿐
아니라, 그녀가 좋아하는 랭보나 보들레르와 국적만 다를 뿐이라
고 굳게 믿었다. 현룡 스스로도 그렇게 큰소리치고 있었다. 어쨌
거나 그녀는 시인으로서도 랭보의 시를 몇 개인가 흉내 내는 정
도였지만, 현룡이 그녀의 시를 이,삼류 잡지에 소개해 그녀의 미
모와 함께 그 전도유망함을 칭찬했던 것이다. 그녀가 완전히 시인
이 된 듯한 기분에 사로잡혀 남의 출판기념회 같은 곳에는 무슨

일이 있어도 참석하게 된 것도 그 일이 있고 난 다음부터였다. 그녀가 눈이 휘둥그레질 만큼 요염한 모습으로 모임 장소에 나타나면 현룡은 언제나 벌떡 일어나, 이쪽으로 오시죠 하며 자기 쪽으로 데려가는 것이었다. 그녀 역시 현대 조선이 낳은 불행한 여성의 하나라고 할까? 입만 열면 '봉건타파'를 외치던 젊은 열정 때문에 여학교를 졸업하자마자 결혼문제를 피해 도쿄에 유학까지 갔던 그녀. 하지만 일본에서 전문학교를 나옴과 동시에 일찍이 자신이 그토록 맞서 싸웠던 봉건성으로부터 그녀 자신이 정면으로 복수를 당해야 했다. 결혼을 하려고 해도 조혼풍습 때문에 결혼하지 않은 청년은 어디에도 없었다. 그녀는 아까운 청춘의 혈기를 어쩌지 못하고 점점 남자들과 접촉하면서 난륜의 길에 빠졌다.

하지만 그녀는 자신이야말로 정면으로 구제도에 반항하여 새로운 자유연애의 길을 개척하는 선구자라고 생각했고, 점점 그녀 쪽에서 먼저 남자를 만들어 가게 되었다. 현룡도 다름 아닌 그중 한 사람이다. 다만 차이가 있다면, 현룡만큼은 두 사람이 서로에게 내보이는 광기에 익숙해져서 완전히 만족하고 있다는 것이었다.

"지난밤 U지의 오무라 군이 또 나한테 왔어요. 아시겠어요? 오무라 군이 위스키를 가지고 온 거예요."

현룡은 계속 말을 이었다.

"오늘밤에 써 주지 않으면 절대 돌아갈 수 없다고 하니 저도 마음이 약해졌죠. 마침 도쿄에 보낼 원고를 쓰던 중이었어요. 제법 괜찮은 작품이에요. D라는 일류잡지에서 석 달 전부터 조르고 있는 작품이거든요."

"기대할게요."

여류시인은 너무나 감동하여 작은 눈을 빛냈다.

"나는 이제 조선어 창작은 질렸습니다. 조선어 따위 똥이나 처먹으라고 하세요. 그건 멸망의 부적이니까요."

그는 지난밤 모임을 떠올리며 되는대로 허세를 부렸다.

"나는 도쿄 문단으로 돌아갈 생각입니다. 도쿄의 친구들도 모두 그러기를 열심히 권하고 있죠."

하지만 사실 문소옥 같은 여자는 어젯밤 메이지 제과에서 정말로 조선의 문학을 일으켜 세울 진지한 문인들 간의 회합이 있었다는 것을 알 리가 없다. 현룡도 어딘가에서 문인들의 모임이 있다는 얘기를 주워듣고 모임도 거의 끝나갈 무렵 슬그머니 나타난 것이었다. 하지만 거기에는 그를 조선 문화의 무서운 진드기라고 증오하고 빈척하는 남녀들만 늘어앉아 있었다. 그들은 면면에 흥분과 긴장의 기색을 감추지 못한 채 조선 문화의 일반문제라든가 조선어로 작품을 쓰는 문제에 대해 열심히 토론하고 있었다. 그는 헤, 하고 웃으면서 겸연쩍게 한구석에 떨어져 오도카니 앉았다. 역시나 그들은 자신들의 손으로 조선의 문화를 일으키고 그 독자성을 신장시켜야 하며, 그것은 또 전 일본문화에 기여하는 것이기도 하고, 또 나아가서는 동양 문화와 세계문화를 위한 것이기도 하다는 등의 이야기를 하고 있었다. 현룡은 한 사람 한 사람 얼굴을 슬쩍슬쩍 보면서 마치 사람을 업신여기는 듯이 히죽히죽 웃기만 했다. 순간 젊은 혈기에 넘치는 평론가 이명식의 날카로운 시선이 날아오는 것을 감지했다. 현룡은 순간적으로 자기도 모르게 움찔했다. 이명식은 어쩐지 신경 하나하나를 부들부들 떨고 있는 것 같았다.

"그것은 자명한 것입니다!"

이명식은 흥분한 나머지 목울대를 울컥울컥하더니 갑자기 외쳤다.

"조선어가 아니면 문학을 할 수 없다는 말이 아닙니다. 나는 언어의 예술성만을 생각해서 이런 말을 하는 것이 아닙니다. 몇 백 년의 긴 시간 동안 고루한 한학의 중압감 아래 문화의 빛을 품을 수 없었던 우리가, 불완전하나마 차차 우리들의 귀한 문자문화에 눈떠 온 오늘날이 아닙니까? 이조 5백 년 이래, 악정의 그늘에 묻힌 문화의 보옥을 발굴하고, 과거의 전통을 계승하기 위해 과거 30년간 우리들은 얼마나 피땀 어린 노력을 해서 이 정도의 조선 문학이라도 세웠던가요! 이 문학의 빛, 문화의 싹을 어떤 이유로 우리 손으로 다시 물어야 한다고 말하는 겁니까? 하지만 나는 그 때문에 또 공연히 감상적으로 말하는 것도 아닙니다. 가장 중대한 문제는 조선인의 8할이 문맹이며, 심지어 글자를 읽을 수 있는 사람의 90%가 조선 문자밖에 읽지 못한다는 사실입니다!"

그때 현룡이 갑자기 킥킥킥 웃음소리를 냈다.

"닥쳐!"

"조용히 해!"

폭풍처럼 비난의 목소리가 일었다.

"자, 자, 괜찮습니다." 이명식은 눈을 감고 감정을 누르면서 신음하듯 떨리는 목소리로 논의를 전개했다.

"조선어로 쓰는 것이 이 사람들에게 문화의 빛을 던져주기 위해서도, 또 그들을 즐겁게 하기 위해서도, 절대적으로 필요한 것은 두말할 필요도 없지 않겠습니까? 지금도 엄연히, 조선 문자로 된 3대 신문은 문화의 역할을 훌륭히 해내고 있고, 조선 문자로 된 잡지나 간행물도 민중의 마음을 풍요롭게 하고 있습니다. 조선어는 분명히 규슈 방언이나 도호쿠 방언과는 다릅니다. 물론 나는 일본어로 쓰는 것을 반대하지 않습니다. 난 적어도 언어의 쇼비니스트는 아닙니다. 조선어를 쓰든 일본어를 쓰든 우리의 생활과 마음과 예술을 널리 전하기 위해 애써야 합니다. 그리고 일본어로 쓰는 것이 성에 차지 않는 사람, 또는 실제로 쓸 수 없는 사람의 예술을 위해서는, 조선 문화를 이해하는 일본 문화인의 지지와 후원 아래, 좋은 번역기관이라도 만들어 계속해서 소개하려는 노력이 필요합니다. 일본어가 아니면 붓을 꺾어야 한다는 일파의 언설은 지나친 언어도단입니다!"

이 말을 하면서 이명식은 갑자기 탁자를 치며 일어섰다.

"그래서 말이다! 현룡, 너는 이 문제를 어떻게 생각하는가?"

현룡을 보는 그의 눈에서 불이 뿜어져 나오는 것 같았다. 현룡은 순간 움츠러들었다. 사실 그는 허울 좋은 애국주의의 미명 아래 숨어 조선어로 쓰는 것은 어리석고, 언어 그 자체의 존재조차 정치적인 무언의 반역이라고 헐뜯는 자 중 한 사람인 것이다. 그게 아니라도 이런 순수한 문화적 저술 활동도 조선이라는 특수한 사정 때문에 그 본래의 예술정신조차 자칫 정치적인 색채를 띤다고 하여 당국의 오해를 부르기 쉬울 수 있다. 특히 만주사변 이후 그 위험은 한층 커졌다. 현룡은 그 틈을 이용하여 애국주의(일본에 대한 애국주의 - 옮긴이)를 내세우며 이를 사람들에게 강요해 왔던 것이다. 그래서 얼마나 많은 무고한 사람들이 불안과 초조, 고민의 심연에 빠졌었던가! 실제로 이 모임은 현룡 일파의 주장에 대한 비판모임이었다. 현룡은 그때 몸을 돌리며 업신여기듯이 말했다.

"조선어라!"

한마디 내뱉고서 실실거렸다. 이명식은 화가 솟구쳐 접시를 들어 내던졌다. 좌중이 술렁거렸다. 하지만 현룡이 머리를 맞아 벌렁 쓰러지고서도 반항하듯이 낄낄거리기를 계속했고, 이명식이 상해죄로 검거된 것은 아시는 바와 같다. 나중에 그는 모임 장소를 나와 혼자서 신촌의 유곽으로 흘러 들어가 어딘가 싸구려 술집에서 위스키를 몇 잔이나 들이붓고는 그 길로 창가의 문을 빠져나왔던 것이다.

그는 그 생각이 나자 어쩐지 멋쩍기도 하고 우습기도 해서 키득키득 웃어 버렸다. 그러고 나서 털어버리려는 듯이 황급히 일어섰다.

"몇 시쯤 되었습니까?"

"아이, 몇 시면 어때요? 정말 급하시다니까."

문소옥은 흘끗 시계를 보았다.

"아직 여섯 시 전이에요. 이봐요, 어서 커피 주세요."

"그럼 사 주시는 김에 토스트도."

현룡은 다시 주저앉았다.

"……그래서 말이죠. 아무튼 사장인 오무라가 직접 와서, 결국 저도 손을 들었죠. 그랬더니 녀석이 엄청 좋아하면서 저를 끌어내서는, 곤드레만드레 취해서 그 노이에슈타트에 데려간 거예요. 그런데, 그게 말이죠, 멜론처럼 노란 뺨을 가진 여자였어요……."

그는 이 멜론처럼, 이라는 말이 대단히 육감적으로 느껴지고

자기가 한 말이지만 마음에 들어서 다시 한번 반복하며 강조했다.

"멜론처럼요!"

대단하신 여류시인도 그가 뻔뻔스럽게 다녀왔다는 곳이 어딘지를 그제서야 깨닫고 자신도 모르게 얼굴이 발그레해졌지만, 거북한 기색을 드러내면 천박하게 보일 것이라고 생각하고 그런 건 아까부터 알고 있었다는 듯이 응수했다.

"잘 됐군요. ……근사해요. 그래도 현 선생님을 절에 넣는다는 분이, 잘도 그런 곳에 데리고 가셨군요."

"그러니까 말이에요."

소설가는 얼굴 근육이 굳어지며 당황하듯 외쳤다.

"그러니까 관료들 기분은 알 수가 없다는 거예요. 일종의 변덕이죠. 요컨대 오무라 군은 나라는 인간을 아직 이해하지 못하는 거예요. 결국 비범한 예술가를 못 알아보는 거죠."

"그러네요!"

여류시인은 걱정스런 얼굴로 고개를 끄덕여 보이더니 느닷없이 호호호 웃어댔다.

"아니, 웃을 일이 아니죠. 랭보나 보들레르가 일반인들에게 얼마나 비난받았는지 조금이라도 기억해 보세요."

현룡은 점점 웅변조가 되어 손을 흔들어 올렸다.

"조선의 예술가, 그것은 얼마나 불행한 존재인가요. 자연은 황폐

하고 민중은 무지하며, 인텔리는 또 예술의 고귀함을 몰라요. 나는 그래서 고골리가 페테르부르크의 화가를 개탄한 것을 떠올렸지요. 모든 것이 묵직하고 둔탁하며 희열도 없고 또 누구 한 사람도 조선의 예술가를 귀하게 여기지 않습니다. 버려진 티끌 속에서 서로가 허우적거릴 뿐이죠. 내가 오무라 군과 친하고 무슨 일이라도 상의할 수 있는 사이긴 하지만, 이제 와 그는 이런 나한테 절로 들어가 좌선을 하라고 하는 겁니다. 오무라 군의 마음은 알지만, 그것은 예술가에게는 자살을 의미합니다. 중이 되라니. 하지만, 저도 생각하는 바가 있어서 좋다고 했어요. 보들레르도 시의 언어로 오, 정밀(精謐)이여, 정밀이여, 하고 그것을 동경했으니까요."

하지만 그렇게 말을 맺으면서 입가에 웃음을 띤 그의 얼굴은 묘하게 경련을 일으키는 듯 떨렸다.

"일종의 보호관찰이네요. 사상범은 아니지만……."

"그렇죠!"

그는 울상을 하고 허둥지둥 목소리를 낮추었다.

"나는 모레까지는 중이 되어 절로 들어가야 해요."

그는 부들부들 떨리는 무릎을 앞쪽으로 내밀었다.

"그런데 말이죠, 정말 근사하게도, 도쿄의 작가이자 저의 절친인 다나카 군이 경성에 와 있습니다. 꼭 만나고 싶다고 해서 아까 조선호텔에 갔었는데, 너무 늦게 가는 바람에 그 녀석이 날 기다리다 지쳐서 오무라 일당과 함께 외출한 모양입니다. 그가 너무 안되어서 나는 지금부터 그를 찾으러 나갈 생각입니다. 뭣하면 소개해 드릴까요? 조선의 조르주 상드로서 또 나의 리베(liebe. 애인. 독일어 - 옮긴이)로서……."

"……."

시인은 눈을 감고 생긋 웃었다. 그녀는 결국 젊은 대학생과 만나기로 한 걸 까맣게 잊어버렸다.

"아, 고마워요, 소개해 주세요!"

"그렇다면."

현룡은 지긋이 그녀의 웃는 얼굴을 응시하며, 그렇다, 오늘 밤에는 오랜만에 이 여자를 데리고 가야겠다, 속으로 생각했다.

"이걸 들으면 다나카 군의 여동생이 질투할 테죠. 헤헤헤."

"어머, 정말요? 도쿄의 연인이 바로 그분의 여동생? 오호호, 이거 재미있네요!"

"그렇지요, 그렇습니다."

그는 자기 생각대로 되어가는 것이 유쾌해서 외쳤다.

"내가 도쿄를 떠날 때 그녀가 쫓아온다고 해서 애를 먹었지요. 아무튼 다나카 군도 지금 대단히 운이 좋아서, 이미 중견의 작가죠. 어때요, 그를 에워싸고 우리가 한번 모인다면 그때도 꼭 와 주시겠습니까?"

"네, 물론이죠. 가겠어요."

"그런데, 실은요, 다나카 군은 오무라 군과는 대학 동창이고 상당히 친한 사이예요. 그러니까 오무라 군이 예술가를 이해하도록 설득시키는 거죠. 그렇습니다, 이것은 확실히 파리 아가씨 안나를 만난 일 이상으로 중대한 일입니다. 그러면 분명 저는 절에 들어가지 않을 수 있을 겁니다."

"그렇겠네요, 그게 좋겠어요, 그게 좋아요."

여류시인은 어깨가 흔들리고 숨도 거칠어지면서 진심에서 우러나오는 기쁨을 드러냈다.

"정말 그렇게 되면 좋겠어요."

사실 소설가 현룡도 그렇게 나쁜 인간은 아니었고, 천성적으로 지극히 나약한 겁쟁이지만 문학적 재능도 어느 정도는 타고나긴 했다. 다만 오랫동안 어쩔 수 없는 궁핍과 고독과 절망이 그의 머리를 착란시켜 버렸다. 게다가 지금의 조선이라는 특수한 사회는 그를 점차 혼미함으로 몰아넣었다.

일종의 성격파탄 때문에 아버지와 형에게 버림받은 뒤 학업은 이루지 못하고 생활비도 끊어졌다. 도쿄에서 지낸 15년이라는 세월은 그야말로 불쌍한 들개와도 같았다. 더욱 나쁜 것은 자신이 조선인이라는 것을 아무리 감추어도 그의 골격이나 얼굴은 영락없는 조선인이었기 때문에 하숙을 구하려고 해도 우선 얼굴이 문제가 되었고, 게다가 낡디낡은 바지 때문에 어이없는 거절을 당하곤 했다. 그래서 그는 문득 신의 계시라도 받은 것처럼 고육지책으로 자신은 조선귀족의 아들이며 문학 천재일 뿐 아니라 조선 문단에서는 일류작가라고 자랑하며 다니기로 마음 먹었다. 그렇게 해서 조선인이기 때문에 받아야 하는 필요 이상의 멸시와 거북함을 다소나마 완화시키고, 어느 정도 생활에도 융통성이 생기리라는 계산이었다. 기적적으로 그 방법이 먹혀서 연달아 두세 사람의 여성이 넘어왔다. 이렇게 한두 해 흐르는 동안 그는 완전히 자기 자신이 조선 귀족이며 문학 천재라고 착각하게 되어 버렸다.

하지만 문학의 길만큼은 그렇게 녹녹하지 않았고 그로 인해 괴로워하던 어느 해, 여자에게 칼자국을 낸 죄로 어쩔 수 없이 송환을 당해 결국 자포자기하여 조선으로 돌아왔던 것이다. 그 뒤로는 조선어로 남의 이목을 끌거나 혹은 음란이 극에 달한 문장을 써서 저속한 잡지에 팔고 다녔다. 보따리에는 언제나 원고를 넣고 다니며 카페나 바를 엉망으로 만들어서는 순사에게 잡혀갔고, 직업을 물으면 득의양양하게 문사(文士) 현룡이라고 지껄였다. 초대받지도 않은 모임에 나타나서는 입만 열면 어렴풋하게 기억하는 프랑스어나 독일어, 라틴어 단어를 엉터리로 떠들어대고,

사람들 앞에서는 자신이 유도 초단 이상이라고 가슴을 펴 보였다. 그리고 언제나 도쿄에서의 대활약상에 관한 자랑을 줄줄이 늘어놓았다. 그것이 마치 지금의 조선에서 자신의 위상을 높이는 것이라고 생각하는 듯이.

만사가 이런 식이었기 때문에 사람들은 점점 그를 광인으로 여기며 상대하지 않게 되었다. 그럴수록 그는 뜻하는 바가 이루어지는 것이라 기뻐했고 자신이 진정한 천재기 때문에 세상 사람들에게 이해받지 못하는 것이라고 큰소리쳤다. 하지만 그의 소질이 차츰 노출됨에 따라 결국엔 천박한 저널리즘조차 그의 문장을 받아주지 않게 되었고 문화인들은 단결하여 그를 문화권 밖으로 쫓아내려고 했다. 이렇게 운신의 폭이 좁아졌을 때부터 그는 술을 마셔도 유도 이야기를 일절 입에 올리지 않게 되었고, 언제부터인가 너야말로 감옥에 처넣어야 한다고 아무에게나 엄포를 놓게 되었던 것이다. 동시에 그는 무슨 짓이라도 할 수 있는 사람으로 정평이 났다. 이런 사람에게조차 시국적인 말로 협박을 당하면 벌벌 떨 수밖에 없다니, 그것은 조선의 문화인들에게 얼마나 슬픈 일인가! 그럴수록 현룡의 심성도 점점 거칠어져서 거리에서 폭행이나 공갈을 비롯한 괴이한 행동을 서슴지 않았다. 최근에는 순사한테 심한 비난을 받는 중에도 낄낄거리며, 자신에 대해서는 오무라 군에게 물으라며 거칠게 쏘아 붙였다.

그가 사람들 앞에서 언제나 '군'자를 붙여 부르는 오무라라는 사람은, 사실 조선민중의 애국사상을 심화시키기 위해 편집되는 시국잡지 U의 책임자다. 전 관료이며 아직 조선과 그 문화 사정에 어두운 그는 일본에서 건너오자마자 가장 먼저 자신에게 다가온 현룡이야말로 그의 말처럼 조선문단을 실질적으로 이끄는 소설가이며, 성격파탄에 가까운 그의 성품 또한 그가 비범한 예술가이기 때문이라고 굳게 믿었다. 이렇게 해서 절망에 빠졌던 현룡은 오무라의 눈에 들어 중용되었던 것이다.

　　그런데, 호사다마라고 그 뒤 얼마 지나지 않아 현룡은 아주 기묘한 사정 때문에 스파이 혐의를 받아 헌병대에 끌려갔다. 마침 어느 아름다운 오후, 그는 언제나처럼 혼마치 거리를 거닐다 안나라 칭하는 젊고 요염한 프랑스 여자를 만났다. 그는 용감하게 봉아미라든가 마드모와젤, 위, 메르시라든가 하는 말을 늘어놓으며 다가갔다. 푸른 눈동자를 한 그녀도 그가 아주 마음에 든 모양인지 서툰 일본말로, 자신은 여기에 놀러 왔고 경성을 잘 몰라 갈팡질팡하고 있다며 부드럽게 웃었다. 그는 점점 우쭐해져서 그녀를 데리고 걸으면서 길을 걷는 사람들에게 들리도록 봉쥴, 트레비앙, 보갸르송, 스수아르 같은 알고 있는 프랑스어를 전부 외쳤다. 그리고 일부러 중고서점으로 그녀를 끌고 가서 자기 프로필이 나온 삼류 잡지를 찾아 그라비아(gravure. 프랑스어의 음각을 나타내는 말이지만, 일본에서는 화보면을 나타내는 말로 정착되었다 - 옮긴이) 페이지를 펼친 후, 누군지 알겠냐고 우쭐대며 자신의 사진을 가리켰다. 오, 그녀는 놀란 척을 했다. 그는 기쁜 나머지 사람들의 눈을 피해 그 사진을 찢어서 억지로 그녀의 핸드백에 꽂아 넣었다. 그 뒤 안나는 두만강 국경에서 스파이로 검거되었고, 그의 사진이 그녀 손에서 나왔기 때문에 같은 혐의를 받고 유치장에 들어갔다. 이처럼 일이 커진 것을 오무라가 동분서주하여 관청의 힘을 빌려 빼내주었기 때문에, 그는 오무라에게 일생일대의 큰 은혜를 느끼게 되었다. 그 일이 아니더라도 조선의 일반인들에게 들개 취급 당하는 현재의 그는 오무라에게까지 버림받으면 길바닥에 쓰러져 죽는 수밖에 없었다.

하지만 이제는 이미 조선에도 애국열이 점차 높아져서 소명의 목적을 거의 달성해가고 있던 시기라, 애국주의를 내세워 사회공안을 어지럽히는 현룡을 그대로 채용하는 것은 오무라의 위신에도 걸리는 문제였다. 사실상 현룡 때문에 당국에 대한 비난여론이 심해져서 경찰에서도 슬슬 내사를 시작한 터였다.

오무라는 현룡을 차마 경찰에 넘길 수는 없기도 하고 천성적으로 신심이 깊은 사람이기도 해서, 그에게 절로 가서 좌선수행을 하며 하루 빨리 근신하는 모습을 보이라고 명했던 것이다. 사태가 이렇게 되고 보니, 현룡은 그 명령을 따르지 않을 수 없었다.

이틀 안에 출가해야 했다. 그런 이유로, 이번에 도쿄의 작가이며 오무라와 동창이기도 한 다나카가 경성에 왔다는 소식에 한 줄기 희망을 걸고, 자신이 스스로 발길을 뻗을 수 있도록 여러 가지로 오무라를 설득해 달라고 할 생각이었다. 그러니 이 일이 파리 아가씨 안나를 만난 것 이상으로 중대한 것은 물론이다.

"나는 지금부터 다나카 군을 찾으러 종로 뒤쪽으로 갈 거예요. 자, 한번 나가볼까요?"

현룡은 갑자기 기운을 차리고 토스트를 한 번에 두 조각이나 입에 쑤셔 넣으면서 엉덩이를 들었다.

"저도 갈게요, …… 아, 계산은 안하셔도 돼요."

여류시인은 그의 손에서 계산서를 빼앗아 일어섰는데, 어찌된 일인지 갑자기 표정이 굳어져서 돌처럼 딱딱해졌다. 곧바로 그녀는 조금 머뭇거렸다. 무슨 일인가 싶어 현룡이 뒤를 돌아보니, 입구 쪽에 사각모를 깊이 눌러쓴 날씬하고 키 큰 대학생이 파랗게 일그러진 얼굴로 서 있었다. 그리고 험악한 눈으로 현룡을 노려보았다. 그때 갑자기 고뇌에 찬 스페인 민요의 레코드가 끝나고, 사람들의 시선은 일제히 이쪽의 세 사람을 향했다. 문소옥은 갑자기 허둥지둥 몸을 돌려 출입구 쪽으로 나가더니 문을 열고 젊은 대학생을 끌어당기듯이 하며 밖으로 나갔다. 현룡은 한 대 얻어맞은 듯 망연자실하게 서서 그 모습을 바라보았다. 뒤쪽에서는 모두들 킥킥 웃는 소리가 들린다. 그런데 다시 3, 4분도 지나지 않아, 그녀는 허둥대며 그에게 돌아왔다.

"제 사촌 동생이에요." 그녀는 기침을 하며 작은 소리로 말했다. "연극을 보러 가기로 약속한 걸 까맣게 잊고 있었어요."

그리고 무슨 소릴 하나 생각하는 사이에,

"내일 아침에 갈게요."

라고 귓전에 속삭이고는 다시 뛰어 나갔다.

"잠깐, 잠깐!"

현룡은 낭패한 듯 다급하게 외치며 손을 흔들면서 뒤따라 나 갔다. 하지만 밖은 이미 어두운 밤이고 두 사람의 그림자는 어디 로 갔는지 흔적도 없이 사라졌다.

3

"젠장, 빌어먹을! 두고 보자!"

소설가 현룡은 어깨를 움츠린 채 몇 번이나 중얼거리다가 조선 인 거리 중 가장 번화한 종로를 향해 자못 신이 난 듯한 발걸음 으로 걸어갔다. "저 계집애까지 나를 업신여기고 있어, 까불고 있어!” 그는 혼잣말을 했다. 왠지 수중에 있던 소중한 구슬을 빼앗긴 것 같았다. 그러자 언제나처럼 그녀의 부조화스럽고도 긴 몸뚱어리 아래로 이어지는 비뚤어진 커다란 엉덩이가 눈앞에 어른거리고, 그것을 향해 울컥울컥 따뜻한 피가 요란스럽게 흐르는 그 애절한 쾌감이 기억났다.

그때 문득 어쩐 일인지, 그는 자신의 귓가에 그녀의 속삭임이 들리는 듯하여 깜짝 놀라 돌아보았다. 물론 거기에 문소옥은 그림자조차 있을 리가 없었고, 그저 지나던 행인 한 사람이 멈추어서서는 수상쩍다는 듯이 그를 쳐다보고 있었다. 그는 다시 “빌어먹을!” 하고 중얼거렸다.

그는 조선인이 경영하는 흰 벽의 큰 은행을 지나, 어느새 종로 사거리 쪽으로 가고 있었다. 갑자기 주변은 거칠어지고, 인력거는 달리고, 자동차는 흐르며 전차는 답답한 듯 경적을 울리고 있었다. 화신 백화점과 한청빌딩(1934년 건립. 건축가 박길룡의 작품 - 옮긴이) 같은 고층건축물을 기점으로 하여 동대문 쪽을 향해 큰길을 끼고 근사한 건물이 해협처럼 줄지어 있었다. 마침 네 귀퉁이에 선구세기 유물인 종각 앞으로 나가자 웅크리고 있던 초라한 걸인들이 손을 뻗어 내밀고, 더러운 거지 아이들은 어디선지도 모르게 메뚜기떼처럼 몰려들었다. 올해는 현저하게 걸식하는 사람들이 늘었다. 그는 과장되게 손을 흔들어 아이들을 쫓아냈다. 한청빌딩 앞에는 보도까지 노점이 들어서서 인파로 붐비었고, 물건 파는 아이들의 호객하는 목소리가 시끄럽게 메아리쳤다. 마침 그 노점상들이 늘어선 초입에, 호기심 많은 녀석들에게 둘러싸인 하얀 두건을 쓴 농부가 술에 취해 손을 내저으며 목에 걸려 잘 나오지도 않는 소리로 무슨 말인가를 하고 있었다. 대체 무슨 일인가 싶어 고개를 내밀고 보니 농부 옆에는 지게가 세워져 있고, 거기에는 커다란 복숭아꽃이 가득 핀 가지가 실려 있었다. 지게는 꽃다발에 묻혀 있었고 고개를 늘어뜨린 꽃들은 너무나도 애처로웠다.
"색시를 얻은 해에 둘이서 이 복숭아나무를 심었어요. 그런데 그 색시가 죽었어요. 그 아내가."

농부가 외쳤다.
"흰쌀로 쑨 미음이 먹고 싶대서 지주한테 빌리러 간 사이에 죽었어요. 자, 저는 복숭아 가지를 꺾어지고서 왔습니다. 복숭아꽃 사세요, 한 가지에 20전, 많이도 필요 없습니다. 20전이에요!"

인산인해를 이룬 사람들이 재미있다는 듯 얼굴을 마주보며 키득키득 웃었다. 현룡은 팔짱을 낀 채 사람들을 밀며 안쪽으로 쑥 들어갔다. 그는 한동안 눈꼬리를 내리고, 너무나 감개무량한 모습으로 찬찬히 복숭아꽃 가지를 바라보았다. 왜 그런 것일까? 가슴 속에 사무치게 전해오는 슬픔을 느꼈다. 그는 무언가에 홀린 것처럼 터벅터벅 지게 옆으로 걸어가 가지를 들어올리며 지긋이 마음을 담아 바라보았다. 이제 막 만개하여 피어 흐드러진 분홍색 꽃 스무 줄은 이어진 모양새로 가지를 뒤덮고 있었다.

"자, 나으리, 사세요. 저는 이걸 팔아서 술을 마시고 뒈지렵니다. 아, 왜 다들 웃는 거죠? 꽃 사세요. 웃지 말고 사세요.……아, 이거 감사합니다, 감사합니다."

한 손으로 잔돈을 찾던 현룡이 백동전을 두세 개 움켜쥐었다가 획 던졌다. 농부는 기쁨에 넘쳐 머리를 땅에 대고 절을 했다.

곁눈으로 그 모습을 보던 현룡은 조용히 복숭아 가지를 메고 사람들을 가르듯 헤치며 다시 혼잡한 거리 가운데로 나갔다. 그때 그는 자신의 모습에서 이렇다 할 맥락도 없이 십자가를 진 그리스도를 떠올렸고, 자신도 그 순교자적인 비통한 운명을 느끼고자 했다. 자신이야말로 어떤 의미에서는 조선인의 고민과 비애를 한 몸에 지고 서 있는 것 같은 기분이었다.

'그래, 조선이라는 현실에서야말로, 나 같은 인간도 태어나, 사회를 휘젓고 다니는 것이 허락될 수 있었어. 혼돈 속의 조선이 나와 같은 인물을 필요로 하여 낳았고, 이제는 쓸모가 다하니 십자가를 지우려는 것이다.' 그는 그런 자각에 이르자 슬픔이 점점 더 가슴에 차올라 통곡하고 싶을 정도였다. 그렇지만 그것도 잠시, 보도 가득한 사람들이 모두 놀란 듯이 자신의 모습을 이상하게 보고 있다는 데 생각이 미치자, 오히려 이번에는 언제 그랬냐는 듯 약간 의기양양해지기까지 했다. '풋내기 시인 년, 네가 나를 따라왔다면 정말로 이 나의 기상천외한 모습을 볼 수 있었을 텐데, 바보같은 년.' 그는 마음속으로 문소옥을 증오하며 조롱했다.

노점 앞은 사람들로 북적거렸다. 아까부터 거렁뱅이 아이들 대여섯 명이 재미있다는 듯 뒤를 따랐다. 그러던 중 갑자기 앞쪽에서 싸움이라도 시작됐는지 시끌벅적해졌기 때문에, 그는 피하듯 조금 되돌아가서 예수서관 옆으로 꺾어져 어둑해지는 골목으로 들어갔다. 걸인 아이들은 이때다 싶어 다시 한번 그의 옆으로 모여들어 손을 내밀었다.

"나으리, 한 푼만 주세요."

"한 푼만요."

아이들은 불쌍한 목소리를 냈다. 그는 기가 막혀 동전 대여섯 개를 휙 하고 던졌다. 아이들은 기성을 올리며 어둠 속에서 머리를 맞부딪치면서 발버둥쳤다. 현룡은 그 모습을 돌아보며 히히히 웃었지만, 갑자기 눈물이 솟아 서둘러 소매로 닦아냈다.

뒷골목으로 나가면 그곳은 이른바 종로 뒷골목으로 카페, 바, 선술집, 오뎅집, 마작집, 중개업소, 음식점, 여관의 주인들이 눈을 반짝이고 있었고, 입을 혜 벌리거나 경계하거나, 땅에 들러붙듯이 웅크리고 있거나 했다. 지직거리는 레코드 소리가 시끄럽게 주변에 울리고, 양복과 흰옷 입은 사람들이 서성거리고 있었다. 경기가 좋은 상인이나 총독부 근처 조선인 고용인, 백수지만 돈 많은 청년, 모던보이, 그리고 카페 음악가, 마르크스주의자 등이 밤이면 곧잘 이런 곳에서 기염을 토하곤 한다. 설령 다나카가 오무라의 안내를 받지 않았다 하더라도, 분명 누군가에게 이끌려 조선의 정취를 만끽하기 위해 이곳에 왔을 것이다. 다나카가 되도록 오무라 군과 함께가 아니길…… 그는 이렇게 빌며 한 집 한 집 술집마다 고개를 들이밀며 찾아다녔다. 그 뒤를 아이들은 변함없이 깔깔거리며 따라온다. 그는 설령 자신을 존경하는 사람이 있어 아무리 잡아당긴다 할지라도 결코 한눈 팔지 않으리라 굳게 결심했다. 그래서 카페 종로회관의 문을 열고 누군가가 '여어, 현 선생!' 하고 부를 때도 헤헤헤 웃기만 하고 발을 돌렸고, 창문을 열고 바 신라 안을 들여다 본 순간, '야, 미친 놈, 거렁뱅이!'하는 조롱 소리가 요란할 때도 그는 그저 자신이 유도 초단 이상이라는 사실을 상기시켜주었을 뿐 실실 웃기만 했다. 어떤 곳은 무심코 뛰어들었다가 조선옷에 양장을 두른 여인들이 꽃을 달라고 덤벼들었지만, 그래도 그는 여자 엉덩이 한 번 두드리지 않고 꽃을 두세 개 던져주면서 간신히 도망쳤다. 이렇게 해서 그 일대를 서에서 동으로 거의 이 잡듯이 뒤졌지만, 아무래도 다나카 일행은 눈에 띄지 않았다. 그는 결국 초조한 기분에 쫓겨, 정처 없는 미움과 분노를 주체할 수 없었다.

현룡은 다시 이렇다 할 목적지도 없이 안짱다리를 무겁게 끌면서 찾아다녔다. 이번엔 여기저기 고개를 들이밀고 여자들에게 묻기까지 했다. 하지만 이럭저럭 두 시간 넘게 걸어 다녀도 다나카를 찾을 수가 없었고, 심한 피로감과 배고픔을 느낄 뿐이었다. 드디어 우미관(한국 최초의 상설 영화관 – 옮긴이) 뒤쪽의 제법 한적한 곳까지 갔을 때는 한 발도 옮길 수 없을 정도로 지쳐서 우선 근처에 있는 허름한 선술집에 기어들어갔다. 먼지 날리는 밝은 곳에서 볼품없는 사람들이 각각 두세 명씩 패를 지어 시끌벅적 떠들며 잔을 기울이고 있었다. 현룡은 복숭아나무 가지를 멘 채 모두의 놀라는 시선을 받으며 중앙의 정면을 향해 천천히 나아갔다. 앞쪽에 긴 판자로 술자리가 준비되어 있었고, 그 건너편에 얼굴이 예쁘장한 여자가 단정히 앉아 있었다. 그는 테이블 위에 내놓은 큰 잔을 받아 들고 여자로부터 옅은 노란색이 도는 약주를 받아 한 잔을 꿀꺽 마셨다. 그것은 묘하게 시큼한 맛이었다. 얼굴을 들어 주변을 힐긋 둘러보았는데, 누구 한 사람 아는 이가 없다. 다른 사람들은 그와 시선이 마주치면 놀란 듯이 입을 꼭 다물고 외면을 했다. 현룡은 기분이 상해 몸을 좀 더 움직이더니 옆쪽에 준비되어 있던 망이 쳐진 선반 안에서 족발을 끄집어내서는 우적

우적 씹기 시작했다. 그곳은 조선 특유의 싸구려 술집으로, 찻잔 크기의 술 한잔에 안주까지 포함해서 고작 5전이면 마실 수 있었다. 현룡은 그 좋아하는 거리낌 없는 음탕한 농담조차 한마디 할 틈도 없이 연달아 몇 잔을 걸쳤다. 바깥쪽에서 노렌(가게 문 앞에 걸어두는 천. 가게의 로고나 이름이 적혀있는 경우가 많다 - 옮긴이)안으로 삐죽이 고개를 내밀고 그가 나올 기색을 살피던 거지 아이들도, 이제는 포기했는지 어느새 어디론가 사라져버렸다.

그는 이렇게 마시기 시작하면 이명이 울리고 발을 움직일 수 없게 될 때까지 곤드레만드레 취해야 성이 차는 사람이다. 하지만 그가 만취할 때까지는 이 약주라면 적어도 60잔은 필요했다. 한 잔 또 한 잔을 마시는 사이 전신에 취기가 얼큰하게 돌면서 가슴을 옥죄는 슬픔이 엄습해 왔다. 어떻게 해서든 오늘밤 안에 다나카를 찾아야 한다. 그렇다, 여기서 완전히 취하도록 마시고, 다시 한번 조선호텔로 쫓아가는 거다. 그렇게 생각하니 뭔가 자신이 절로 보내지는 것이 갑자기 애달픈 희극처럼 생각되어 견딜 수가 없었다. 자신도 그 표주박 같은 머리를 한 스님이 되어 가사를 몸에 걸치고 콧물을 훌쩍이는 술고래 땡중 앞에서 매일 밤낮으로 염주를 목에 걸고 얌전하게 참선을 해야 한다니. 그는 이 비통함을 털어내려는 듯 묘하게 목에 걸린 날카로운 소리로 혼자서 웃어 보았다. 하지만 곧 자신의 웃음소리에 놀라 황급히 어깨에 메고 있던 복숭아 가지를 가슴에 끌어안고 깊은숨을 쉬었다. 한동안 그러고 있자니 마음은 차분해지고 몸은 녹아드는 것 같아 문득 희미한 빛을 띤 여러 여인의 환영이 주체할 수 없이 어른거렸다.

×××××(원문에 다섯 글자 복자 처리되어 있음 - 옮긴이)멜론 뺨의 여인. 그 그늘에서 여류시인이 웃고 있다. 입을 조그맣게 오므리고 내일 아침 가겠다고 속삭이는 소리까지 들리는 것 같았다. 그렇지, 오늘 밤은 아무래도 저 눅눅한 하숙 골방에 돌아가 그녀를 기다려야지…… 그러자 그녀가 물로 씻은 듯한 ××××××××(원문에 여덟 글자 복자 처리되어 있음 - 옮긴이)가 공중에 떠오르더니 점점 팔을 벌려 열기 어린 숨을 뿜어대며 자신의 몸을 덮쳐오는 착각이 들었다.

그나저나 다나카는 대체 어디에 있는 것일까. 그는 이렇게 현실과 몽환 사이를 왕복하는 동안 이번엔 또 맥락 없이 다나카의 동생 아키코를 생각했다. 다나카도 그 무렵은 일개 문학청년으로서 고생중이었고, 같이 사는 여동생은 여자대학에 다니는 아름다운 아가씨였다. 당시 그는 모든 열정을 기울여 그녀를 사랑할 생각이었지만, 다나카도 그녀도 자신에게 아무런 감정이 없는 정도가 아니라 경멸하기조차 했다. 그는 곧잘 1리(일본의 척관법에서는 1리가 3.927km다. 중국에서는 500미터, 한국에서는 400미터 정도의 거리를 나타내며 동아시아 3국의 사용법이 모두 다르다 - 옮긴이)나 되는 아키코의 집까지 걸어가서 여러 가지로 대담함의 끝을 보여주었는데, 그녀는 그의 뻔뻔할 만큼 이상한 정열을 업신여길 따름이었다. 조선의 귀족이며 천재라는 것도 그녀에게는 조금도 먹히지 않았다.

이런 식으로 매일 그녀에게 쌀쌀맞은 대우를 받고 돌아오는 길에는 전부터 알고 지내던 접대부의 하숙에 가서 잠을 청했다. 그가 이 접대부에게 칼자국을 낸 것은 결국 뜻을 굳혀 다나카가 없는 틈을 타서 아키코를 덮치려다 실패한 그 밤, 돌아가는 길에서였다. 그 일 때문에 일본에서 추방당해 조선으로 돌아왔고, 간신히 관계를 튼 오락잡지 등에 기고하게 되었는데, 그는 제멋대로 공상하여 이 젊은 날의 사랑을 신비화하고 아키코라는 미모의 순수한 여인에게 정열적인 사랑을 주었다고 하는, 발칸의 지사 인사로프와 러시아 소녀 엘레나와의 사랑 이야기(투르게네프의 『전야』)를 모방한 소설을 여기저기 줄줄이 써대는 것이었다. 그래서 사람들도 이것만은 설마 거짓말이 아닐 거라 믿었고, 현룡 자신도 그것을 몇 번이나 되풀이하여 쓰는 동안에 사실처럼 여기게 되어 지금은 아름다운 추억이 되었다. 아, 그 아키코는 지금 뭘 하고 있을까. 빨리 다나카를 만나 묻고 싶다. 이제 와서 보니 모든 것이 자신을 슬프게 할 씨앗이 아니었던가.

머리가 갑자기 어질어질해져서, 어떤 엉뚱한 일이라도 할 수 있을 듯한 기분이었다. 갑자기 아까 만난 농부의 절망적인 울음소리가 들려오는 것 같았다. 자신이야말로 그 농부처럼 구원받지 못할 절망의 바다에 내동댕이쳐져 있는 사람임에 틀림없다. 음란한 말도 일찌감치 다 써버렸고, 누구 하나 허풍을 믿어 주는 사람도 없다. 조금 알고 있는 독일어 단어도 이미 몇 번이나 반복해서 써버렸고, 어렴풋이 기억하는 열세 개의 라틴어도 열세 번 이상 떠들었다. 프랑스어는 말할 것도 없고, 문장 끝에는 반드시 'FIN'이라는 글자를 붙였지만, 지금은 원고 청탁도 없어서 그나마도 못하게 되었다. 유도 초단 이상이라는 협박도 이제는 효과가 없고 2단이나 3단은 고사하고 위협적인 권투선수까지 득실거린다. 집도 없어, 아내도 없어, 애도 없어, 돈도 없어, 마지막으로 그가 의지할 것은 애국주의자라는 미명하에 도리어 복수를 꾀하거나, 위세 있는 오무라에게 보호받는 것이었다.

하지만 조선의 문인들 사이에도 시국인식운동에 대한 관심이 높아지고 그들은 선명하게 물보라를 날리며 자신을 추월해 버렸다. 그 생각을 하면 이를 갈 만큼 다른 패거리들이 미워서 견딜 수가 없다. 너희들을 감옥에 처넣을 거라는 공갈도 이제는 못 하게 되었다. 그에게 남은 것이라곤 여기저기 돌아다니며 무일푼으로도 술을 마실 수 있는 입뿐이다. 그것이 괘씸하다고 오무라는 나에게 절로 가라고 명하는 것이 아닌가. 이제 오무라에게까지 버림을 받았으니 어디도 갈 곳이 없는 인간인 것이다. 써먹을 대로 써먹고 이제와서 새삼스럽게 자신을 절로 보내려는 오무라가 밉기까지 했다. 이제 정말 기력이 다해 복숭아 가지를 바닥에 털썩 던져버린 그의 눈시울에는 눈물이 그렁거렸다. 그는 더욱 무겁게 가라앉은 기분으로 연거푸 술잔을 기울이기 시작했다.

4

대략 열 시쯤 되었을까, 현룡은 곤드레만드레 취해서 뻗어버렸다. 손님은 계속 나고 들며 소란스러웠지만, 문득 뒤쪽에서 또 새로운 손님이 들어오는 기색이 느껴짐과 동시에 매끄러운 일본어가 들려왔다.

"느릿한 조선인의 가게치고는 퍽 성급하고 재미있는 술집이죠."

어라, 많이 듣던 목소리였다. 현룡은 귀를 쫑긋 세웠다.

"뭐, 일본어로 말하면 커다란 야키도리야(닭꼬치 구이집 - 옮긴이) 정도 될까요? 그 시시한 요보(조선인을 낮춰 부르는 말 - 옮긴이)들로부터 해방되었으니 산뜻하게 조선술이라도 맛보지 않겠습니까? 정말 고생하셨어요."

새로 들어온 남자 둘은 현룡 옆에 나란히 섰다. 이런 평가를 듣는 당사자들은 아까까지 그들의 뒤를 졸졸 따라다니면서 다나카에게 '센세, 센세!'하면서 굽실굽실하고 있던 조선의 사대적인 문학 쓰레기들임이 틀림없었다. 현룡은 경계하듯이 목을 움츠렸다.

"그래도 뭐 재미있잖아요. 그런 사람들과 만나 이야기하는 것도…… 실제로 대륙적인 느낌이 들어요."

이 거드름부리는 탁한 목소리는 다나카임이 틀림없다! 현룡은 귀를 쫑긋 세웠다.

"아니, 진심입니까?"

안내하는 남자는 동의할 수 없다는 듯이 외쳤다.

"당신은 또 묘한 것에 감동했군요!"

"아니, 그 정도는 아니지만…… 실제로 그들 스스로가 말했듯이, 문단이나 극단 등에서 상당히 활약하고 있는 거 같으니까요."

"맞아요, 그 정도 패거리가 일류라는 거죠."

안달이 난 아까 그 남자는 사실을 과장했다.

"이번에 요보들의 작품이 일본어로 번역된다는 기사를 읽고 우선 안심했어요. 완전히 마음이 놓입니다. 그 정도라면 저 같은 문외한도 쓸 수 있어요. 조선의 지방적인 문화도 역시 여기에 와 있는 우리 손으로 쌓아올려야 하겠죠. 자, 그럼 이쯤에서 한잔, 어떻습니까?"

그는 잔을 들었다.

그제서야 현룡은 옆쪽에서 겁먹은 듯이 고개를 쏙 내밀고, 당황스럽다는 듯이 흐린 눈을 비비며 응시하더니, 입을 쩍 벌렸다. 정말로 틀림없이 도쿄의 다나카가, 어느 관립전문학교 교수인 가도이의 안내를 받고 있었다. 잔을 입에 대려던 그들도 현룡을 보고 깜짝 놀랐다.

"여어, 다나카, 다나카!"

현룡은 이렇게 외치며 팔을 크게 벌려 바로 옆의 비실비실한 사람을 얼싸안고 매달렸다. 다른 손님과 여자들은 모두 눈을 둥그렇게 뜨고 이 이상한 광경에 기겁했다. 일본인을 그런 식으로 대해도 괜찮은지 걱정스럽기까지 한 것이다. 다나카는 오무라, 가도이와 함께 좀 전까지 화제에 올렸던 현룡이 바로 이 남자라는 것을 한눈에 알아보았지만, 너무 의외의 장소에서 만나기도 했고 뜻밖의 포옹에 당황하고 말았다. 무엇보다도 숨이 막힐 것 같아 괴로웠다. 현룡은 그를 안은 채 미친 것처럼 빙글빙글 돌았다.

"괘씸하군, 괘씸해, 나는 자네를 원망했네. 너무나 원망했어. 말도 없이 오다니 그런 법이 있는가?"

"미안, 미안!"

다나카는 구원을 요청하듯 작은 목소리로 신음했다.

"자, 그럼 한잔 하자구, 잔을 들자구!"

현룡은 재빨리 달려들어 잔을 들었다.

"오, 다나카 군, 나는 자네가 조선에 와 줘서 고맙다네. 정말 기쁘다네!"

다나카가 오무라와 함께가 아닌 것이 더욱 기쁜 것이 틀림없었다. 다시금 그는 거의 끌어안는 모양새로 말했다.

"역시 자네는 왔구먼. 이 새로운 조선을 잘 관찰해 주게나. 부탁하네! 자, 한잔 쭉 들이켜게!"

그리고 그만 흥겨운 나머지,

"자아, 가도이 선생, 당신도 많이 마셔요!"

라며 그의 등이 아플 정도로 때리기까지 했다. 가도이는 U지 모임에서 한두 번 현룡을 만났을 뿐인데, 이런 자가 친근한 척을 하는 것은 자신의 체면이 걸린 문제라고 생각했다. 원래 그는 법대를 나오자마자 조선으로 날아와서 곧바로 교수가 되었는데, 요즘은 예술 분야 모임에까지 설치고 다니는 등 '일본인 현룡'이라고 할 만한 존재였다. 조선에 돈을 벌려는 마음으로 건너온 일부 학자들이 그렇듯이, 그도 입으로는 내선동인(內鮮同仁. 일본제국주의의 식민지정책. 조선 민족을 일본인으로 동화시키기 위한 슬로건)을 외치면서도 자기는 선택받은 자로서 민족적으로나 생활면에서나 남보다 낫다는 하찮은 우월감을 가지고 있었다. 하지만 단지 하나, 예술분야의 모임에서 자신이 조선의 문인들처럼 예술적인 일을 할 수 없는 것에 열등감을 느껴, 그 반작용으로 그들을 미워하기까지 했다. 특히 조선의 문인들을 업신여겼다. 일본에서 예술가라도 오면 현룡에게 뒤지지 않는 열정을 발휘하여 수업까지 빼먹고 자신의 수당을 아낌없이 써가며 여기저기에서 술을 사 주곤 했다. 그러면서 학문적인 말로 조선인의 흉을 늘어놓고, 입버릇처럼 '아, 그걸 확인해서 안심했다'는 등의 말을 지껄인다. 오늘밤은 특히 이런 무리 중 가장 비천한 문인 현룡을 만났으니, 드디어 그의 자존심이 확장된 것이다. 그래서 자못 어깨를 으쓱이고 버럭 소리를 지르면서 돌아앉아 버렸다. 하지만 현룡도 만만치 않은 사람이어서 그에게는 신경도 쓰지 않고, 의연히 다나카를 붙잡고 함성을 지르고 있었다.

"오오, 다나카, 나는 말이야, 자네를 찾아다니다 완전히 녹초가 되었네. 정말로 자넬 원망하면서 마시던 참이었다구. 야아, 드디어 만났네! 정말 6년 만인가? 그렇지, 자네 여동생 아키코는 잘 있나? 나는 지금도 아키코를 잊지 못한다네."

마음 약한 다나카는 그가 떠드는 말에 적당히 응, 응 하면서 입을 다물고 약주를 조금씩 마시는 척했다.

가도이도 혼자서 마침 두 번째 잔을 입으로 가져가는 참이었지만, 아키코 이야기가 나오자 뿜어버리고 말았다. 그리고 그것만으로 부족한지 하하하, 소리 내어 폭소를 터뜨렸다. 좀 전에 함께 현룡 이야기를 할 때, 다나카로부터 이 남자가 그의 여동생에게 터무니없는 짓을 해서 난처했다는 이야기를 들었기 때문이다. 현룡은 언제나 다나카가 없는 틈을 타서 그녀를 찾아가서는 다나카의 잠옷으로 갈아입고 마치 주인인 양 책상앞에 붙어 앉아서, 그가 귀가하면 손님이라도 맞이하듯, 어쩐 일이신가, 하고 말했다는 이야기였다. 어느 날 저녁에는 또 거리에서 우연히 현룡을 만났는데, 급한 일이 있다며 주머니 속의 돈을 다 털어 갔다고 한다. 그리고 나중에 돌아와 보면, 현룡은 사과나 슈크림을 잔뜩 사다가 여동생에게 억지로 먹으라면서 키득키득 기뻐하고 있었다는 것이다. 가도이는 그 이야기를 떠올렸던 것이다.

하지만 현룡은 이제 다나카를 만났다고 생각하니 모든 슬픔도 괴로움도 안개처럼 사라지고, 혼자 기쁨에 들떴고, 이윽고 말이 많아졌다. 특히 옆에는 가도이도 있고, 지금까지 붓을 들 때마다 으스대던 체면도 있으니 작정하고 대범하게 나갔다.

"돌아가면 S선생님께도 안부 전해 주시게, 녀석은 조선에 돌아가서 제법 잘하고 있다고 말이야."

혹은,

"T선생님은 건강하신가?"

그리고,

"R군은 어찌 지내는가?"

"D군의 부인은?"

하지만 다나카는 S나 T와 친하지 않아서 횡설수설하며 분위기를 맞추었다. 아무튼 그는 요즘 슬럼프에 빠져 글을 쓸 수 없었기 때문에 유행하는 만주여행이라도 다녀오면 새로운 꼬리표가 붙어 새로운 분야의 일을 할 수 있을 것을 기대하며 떠나온 상황이었다. 떠나올 때 어느 잡지에서 조선의 지식인 계급에 관한 글을 써달라는 부탁이 있었고, 그래서 그는 조금 전까지 자신에게 센세, 센세, 하며 친한 척 따라다니던 저급한 문학청년들을 흥미롭게 관찰하며 그들과 헤어진 후 오무라와 가도이로부터 여러 가지 참고 의견을 듣고 있던 터였다.

특히 가도이의 극히 인문학적인 설명에 의하면 조선의 청년은 하나같이 겁쟁이인데다 비뚤어진 근성을 가지고 있고, 뻔뻔하고, 심지어는 당파심이 강한 종족이라는 것이다. 다나카도 그 좋은 표본이 도쿄에서 알고 지내던 현룡이라고 했다. 도쿄의 유명한 작가 오가타가 경성에 왔을 때 오무라의 주선으로 조선의 몇몇 문인들과 함께 자리를 만들었는데, 오가타가 30분도 채 지나지 않아 현룡에게서 조선인 전부를 보았다고 한 것은 역시 날카로운 예술가의 혜안이라고 찬탄했다. 오가타가 여기에 조선인이 있다고 외치면서 현룡을 가리켰을 때, 실제로 조선의 문인들은 완전히 아연실색했다. 하지만 당사자인 현룡은 너무나 득의양양하게 히죽히죽 웃으며 기뻐했던 것이다.

다나카는 겨우 하루 이틀 머무는 데다 심지어 술만 마시느라 관찰할 틈이 없었지만, 오가타에게 뒤지지 않는 신랄하고 독특한 관찰기를 써서 보내려고 결심한 참이었기 때문에 오히려 대표적인 조선인이라고 가도이에게 낙인찍힌 현룡과 우연히 재회한 것이 약간은 기뻤다. 그는 가도이의 악의에 찬 말에 조금도 의심을 품지 않았다. 드디어 자신이 가진 직관의 날카로움을 드러낼 때가 왔다고 생각하여 분발하며 이번에는 조선민족을 답사하는 듯한 마음으로 먼저 입을 열었다.

"자네는 돌아와서 조선어로 소설을 썼지?"

"맞아, 그랬지."

현룡은 기다렸다는 듯이 기뻐하며 외쳤다. "나는 조선에 돌아오자마자 훌륭한 작품을 내놓았지. 처음에는 녀석들이 조선에도 천재 랭보가 나타났다고 눈을 둥그렇게 떴지. 하지만 점점 나의 독자가 늘어 지위가 높아지자, 문단 녀석들은 질투가 나서 나를 묻어버리려고까지 했다네. 자네도 대충 보면 알겠지만, 조선인이란 어쩔 수가 없다네. 알겠나? 교활하고 게다가 겁쟁이라서 당파를 만들고 남이 잘되는 거 같으면 밀어 떨어뜨린다네."

그 순간 가도이는 그것 보라며 다나카의 얼굴을 보았다. 다나카는 고개를 끄덕였다.

"놈들은 내가 도쿄 문단에서 모두의 주목을 받고 활약했다는 것조차 모른다네."

그리고 힐끗 가도이의 얼굴을 훔쳐보며 말했다.

"무지해, 정말 무지하다고!"

일본인을 만났을 때는 일종의 비굴함으로 조선인의 험담을 줄줄이 늘어놓지 않고는 배길 수 없는, 그리하여 비로소 자신도 일본인과 동급이라고 믿는 그였다. 드디어 현룡은 불같은 열정으로 타올라 거친 숨을 몰아쉬며 외쳤다.

"나는 이런 구제할 길 없는 민족성을 생각하면 슬퍼서 견딜 수가 없다네. 다나카, 이보게 자네, 내 기분을 알겠나?"

그는 소리 내어 펑펑 울까도 생각했지만, 그냥 손으로 얼굴을 가리고 흐느끼기만 했다.

"알다마다, 알고말고."

다나카는 감동해서 울 것 같은 마음으로 역시 조선에 오길 잘했구나, 생각하는 것이었다. 일본에 틀어박혀서는 섬나라 문학밖에 할 수 없다는 말은 정말이다. 여기 대륙의 고통스러운 모습이 있다. 아무짝에도 쓸모가 없을 것 같던 현룡조차, 좀 더 커다란 본질적인 것을 위해 몸부림치며 고민하고 있지 않은가? 그래, 이것이야말로 조선 지식계급의 자기반성임을 일본에 알려야겠다. 내 눈이 오가타에게 뒤질 수는 없지 않냐고 허세를 부리며 마음 깊이 기쁨을 느꼈다.

지나인(중국인 - 옮긴이)은 알 수 없다고 말하는 녀석들은 어리석음의 극치다. 조선인들을 불과 이틀 만에 알게 된 이 능력이라면, 나는 지나인을 나흘 정도 만에 충분히 이해하고 말 테다. 그는 마음속으로 외쳤다. 어쨌든 그러기 위해서는 최대한 현룡을 조선의 대표적인 인텔리로 묘사해야만 한다고 머릿속으로 구상했다. 하지만 가도이는 현룡의 행동이 교활해 보여 견딜 수 없었기 때문에 승전가를 울리고 싶은 기분으로 의미심장하게 힐끗 그를 보았다.

"오무라 군은 늦네. 혼자 돌아간 건가?"

가도이는 다나카를 향해 말했다. 그는 현룡이 오무라를 벼락처럼 무서워한다는 것을 알고 있었기 때문이다.

"뭐, 오무라 군?"

현룡은 한순간에 취기가 가시는 듯 눈을 크게 뜨고 냉큼 몸을 일으켰다.

"오무라 군, 오무라 군도 함께였나요?"

"응, 저쪽에서 뭔가 산다고 했는데 말이야."

의아한 얼굴로 대답하는 다나카의 말을 듣고, 아, 이건 안 되는데 싶어 서두르며,

"그렇구만!"

하고 영문을 알 수 없는 말을 외쳤다.

"그러니까 나는 오무라 군과 힘을 합쳐 조선 민족을 개량하기 위해 노력하고 있는 거라네. 문제는 간단해. 조선인 모두가 지금까지의 고루한 사상에서 벗어나 동아시아의 새로운 상태를 확인하고, 그리고 오로지 야마토 다마시(大和魂. 일본 고유의 정신 - 옮긴이)의 세례를 받는 거야. 그러기 위해서 나는 남들한테 미쳤다는 말을 들으면서도 오무라 군의 U지에 항상 센세이셔널한 논문을 쓰는 거라네."

그리고 갑자기 목소리를 죽이며 고개를 들이밀고 물었다.

"오무라 군은 나에 대해 아무 말도 하지 않던가?"

"아니, 딱히…"

다나카가 차를 젓고 있을 때, 현룡은 또 갑자기 아까의 말투로 바꾸어 말했다.

"오무라 군은 정말 당대에 드물게 보는 멋진 녀석이야. 그러니까 나같이 민간인이면서 솔선하고 최선을 다하는 사람을 도와주는 거지. 그렇지만 아쉬운 건, 쾌남 오무라 군도 예술가를 이해 못한다는 거야. 진정한 예술가라는 것이……그러니 다나카, 자네같은 작가가 오무라 군을 크게 계몽해 주어야 한다고 생각하네. 햄릿도 아닌데, 날더러 절에 가라는 터무니없는 말을 하니 우습지. 그게 말이야, 비구니들의 절이라면 몰라도 대머리 중들이 있는 데라고. 이보게, 내가 오필리아야? 난 이래 봬도 말이야, 유감스럽게도 머리는 멀쩡하다고!"

가도이는 대단히 안쓰럽다는 듯 다나카를 보고 웃으며, 내버려두고 나가자는 식으로 다나카의 양복 소매를 잡아당겼다. 그런데 현룡이 묘하게 목이 잠긴 소리를 내며 허세를 부리고 있을 때, 당사자인 오무라가 차분한 모습으로 입구 쪽에서 들어왔다. 보기에도 당당하고 멋진 사십 대 신사다. 현룡은 당황해서 헤…하고 웃으면서 목덜미에 손을 대고 삐쭉 고개를 숙였다. 가도이는 옆에서 기분 나쁜 목소리로 킥킥킥 웃기 시작했다. 오무라는 그 자리에 현룡이 있는 것을 발견하고는 갑자기 기분이 나빠져서 소리쳤다.

"무슨 일인가! 자네는 또 이런 곳에 와서 술주정을 하는 건가?"

"헤에, 오무라 상, 헤, 미안."

현룡은 엉겨붙으면서 허리를 굽혔다.

"……실은 말이야, 저기 있는 다나카 군을 하루종일 찾아다녔어요. 그래서 배가 고파서……그만, 헤에."

"이봐, 어떻게 된 거야, 절에 가는 건? 어물쩍거리지 말고 하루라도 빨리 가게!"

"예."

현룡은 송구해하며 겸연쩍은 듯이 머뭇머뭇했다.

"그건 잘 알고 있습니다."

오무라는 가도이와 다나카에게 찡끗 눈길을 주고는, 멀리서 온 손님도 있으니 자기가 조선에서 얼마나 조선인을 위하는지를 온 몸으로 보여줘야겠다고 생각했다.

"빨리 반성문을 보여줘! 경찰의 손에 자네를 넘기기에는 그래도 좀 괴로운 마음이 있어서 훌륭한 스님이 계신 곳으로 가서 머리를 좀 고쳐오라는 거잖나. 요컨대 자네같은 인간들의 혼을 구제하는 거야. 번뇌를 끊어 내는 거야, 번뇌를!"

"네, 그래서 저도……"

"알았으면 됐네."

그는 의기양양하게 어깨를 폈다. 손님들은 모두 눈을 크게 뜨고 이 광경을 지켜보고 있었고, 다나카는 역시나 감개무량한 듯 눈을 감은 채 듣고 있었다.

"지금이 어떤 시국인가? 확실하게 시국을 인식해야지. 술집을 망가뜨리거나, 여자를 강탈하거나, 사람한테 공갈을 해서 되겠나? 자네는 내선일체, 내선일체, 미친 사람처럼 외치지만, 조선인은 누구 하나 자네를 상대하지 않지. 이제 좀 반성하게. 제대로 된 인간이 돼서 돌아오라고! 알겠나? 내가 자네를 응원한다고 해서 그 호의를 이용하는 건 절대 용서할 수 없네. 바카야로(바보같은 놈)! 자네가 그렇게 은혜를 모르는 자라는 걸 나는 처음 알았네!"

오무라는 자신의 어조에 감동한 나머지 흥분해 버렸다.

"은혜라고는 모르는 녀석! 아직 자네의 잘못을 모르는 것인가? 내선일체라는 건 자네 같은 인간의 혼까지 구제해서 일본인처럼 만드는 거라네."

"그건 그렇습니다. 그러니까 저는 사람들한테 미친놈 소리를 들을 정도의 열정으로 그걸 주장해 왔습니다. 그렇고말고요. 실제로 남자 역할의 일본이 여자역할의 조선에 손을 내밀어 사이좋게 결혼하자고 하는데, 그 손에 침을 뱉을 이유는 없으니까요. 한 몸이 됨으로써 비로소 조선 민족도 구원받는 것입니다. 저는 감격한 나머지 조선인에게 오해 받는 것도 불사하는 것입니다. 조선인이란 도대체가 시기심 많고 열등감 깊은 민족이니까요."

"바로 그거네."

오무라는 손을 들어 깊이 생각하듯이 말을 끊었다.

"자네들 조선인은 너무나 자학적이야. 내 주위에 있는 조선인들은 모두 자기 민족을 욕하기만 하는데, 우선 그게 제일 나쁘네. 알겠나? 물론 반성하고 자신들의 나쁜 점을 고치는 것은 중요하지. 하지만 자신을 소중히 여겨야 하네, 소중히. 그게 안 되는 게 다른 민족보다 열등한 점이야. 일본인을 보게! 일본인은 결코 그런 짓은 하지 않네."

"맞습니다, 정말 그렇지요."

현룡은 당황하여 전후 맥락도 없는 말을 외치기 시작했다. 그는 자신이 언젠가 쓴 적이 있는 극히 학술적인 문구를 생각하느라 아까부터 머리를 바삐 굴렸다.

"지리적으로 보더라도, 고고학적으로 보아도, 그리고 인류학적으로 보아도, 즉 안토로포로지(Anthropology, 인류학의 일본식 발음 - 옮긴이)적으로 보아도, 생물학적으로 보아도……"

이렇게 계속해서 늘어놓고 있을 때, 가도이는 퍼뜩 학문적인 양심과 충돌하는 부분이 있었기 때문에 정정해 주었다.

"여보게 그건, 안토로포로지가 아니라 안토로포로기(Anthropologie(인류학)를 독일식으로 발음한 것 - 옮긴이)라네."

"맞아요, 그 안토로포로기적으로 보아도, 또 휘로로기(Philologie, 문헌학. 모두 일본식 발음 - 옮긴이)적으로 보아도 일본과 조선은 남자와 여자 정도의 차이 밖에 없습니다……"

오무라는 그의 퍼덴틱(pedantic, 현학적)한 말투가 우스워서 혼자 피식피식 웃고 있었는데, 언뜻 그것을 본 현룡은 오무라가 자신의 열정에 다시 마음을 돌린 것이 틀림없다고 생각하여, 갑자기 전신을 불쑥 앞으로 내밀고,

"그런데 오무라 상."

하고 불렀다.

"다나카 군과 저는 둘도 없는 친구입니다."

하지만 오무라는 말할 만큼 말했다는 투로 빙그르 돌더니 다

나카와 가도이 쪽을 돌아보며 말했다.

"그럼, 이제 슬슬 가볼까요? 대충 어떤지 감 잡으셨죠?"

"아, 오무라 상, 벌써 가시게요?"

현룡은 소스라치게 놀라 마치 스프링이 튕기듯 오무라의 팔을 붙들고 늘어졌다. 하지만 그 순간, 떨어져 있던 복숭아 가지에 발목이 걸렸다. 그는 순간적으로 가지를 들어올려 품에 안으며 헐떡였다.

"오무라 상, 오무라 상!"

"그건 또 뭔가?"

오무라는 의심스럽다는 듯 몸을 돌려 물끄러미 바라보며 말했다.

"또 그런 꼴을 하고 다니는 건가? 자네 일은 난 이제 모르네!"

"오무라 상, 오무라 상!"

현룡은 갑자기 휘청휘청 허리가 꺾이며 비명을 질렀다.

"꽃이 너무나 애처로워서, 길에서 농부한테 사온 것입니다."

그때 자신의 술값을 가도이가 계산하는 모습을 보고 좀 겸연쩍었는지, 그는 허겁지겁 다나카 쪽으로 몸을 돌려 소매를 잡은 채로 조급해하며,

"다나카 군, 다나카 군, 사실은 자네에게 하고 싶은 이야기가 있다네."

하고 애원하듯 신음했다.

"좀 더 이야기를 나누세, 좀 더."

"오오, 이건 예쁜 꽃이네."

다나카는 달래듯이 횡설수설 중얼거렸다. 현룡은 갑자기 의기양양한 모습으로 용기를 내어 복숭아 가지를 어깨에 메고는,

"그렇지, 예쁘지? 복숭아꽃이야, 복숭아꽃!"

그는 소리 높여 굵고 탁한 음성으로 마치 병정놀이를 하는 아이처럼 앞장서서 갔다. 역시 자신도 이 높으신 분들에게 붙어 함께 걸어가고 싶기도 했던 것이다. 오무라와 가도이, 다나카는 어쩔 수 없다는 듯 웃으며 차례로 따라 나왔다. 창연한 달빛이 둥실 하늘에 걸려 있었지만, 골목길은 변함없이 어둑어둑했다. 그는 약간 익살맞게 복숭아 가지를 맨 채 몸을 흔들면서 두 간(약 3.6미터 - 옮긴이) 정도를 진군하다가 갑자기 멈추어 가슴을 펴고 하늘을 우러러보며 문득 복숭아 가지를 가랑이 아래로 끌어 올라타나 싶더니 하늘에 암호를 보내듯 손을 흔들며 한바탕 깔깔 웃었다. 다른 세 사람은 모르는 척 그 옆을 조용히 지나간다. 그는 당황하며 소리 높여 외쳤다.

"나는 하늘로 올라간다, 하늘로 올라간다, 현룡이 복숭아꽃을 타고 하늘로 올라간다!"

마치 목마를 탄 용사처럼 쑥쑥 그들 옆을 지나 앞으로 나아갔

다. 기상천외한 이 신비주의자를 봐 달라고 말하듯이.

꽃은 무참히 목이 꺾여 꽃잎이 구겨지고 산산이 흩어졌다. 하지만, 퍼뜩 생각났다는 듯 돌아보니, 다나카가 혼자 어둠 속에서 쓰레기 더미에다 오줌을 누고 있었다. 현룡은 이때다 싶어 그 옆으로 달려가 숨을 하아, 하아 몰아쉬며 '다나카 군,' 하고 목에 걸린 소리로 속삭였다.

"오무라 군에게 내 얘기 좀 잘 해 주게. 절로 가지 않게 해 주게나, 절 말이야."

그 목소리가 너무나도 절망적인 슬픔에 떨고 있었기에 다나카는 놀라서 현룡의 얼굴을 바라보았다. 오싹할 정도로 굳어져 보이는 형상이 갑자기 사라지며, 기분 나쁘게 웃는 얼굴이 나타났다. 그리고 그의 한 손이 자신의 어깨를 비굴하게 두드렸다.

"그는 아무래도 관료니까 굽신굽신하지 않으면 안 좋아해. 예술가가 뭔지도 모른다구…내일 호텔로 갈게."

그렇게 내뱉고 나자 다시 보란 듯이 복숭아 가지에 올라타 질질 끌고 다니면서 하늘을 우러러 외치기 시작했다.

"현룡이 하늘에 오른다, 하늘에 오른다!"

그때 오무라와 가도이는 다나카를 옆 골목 쪽으로 잡아당겨 큰길로 나갔고, 자동차를 세우기 위해 손을 들었다. 골목에서는 점점 더 신이 난 현룡의 외치는 소리가 계속되고 있었다.

5

결국 하늘엔 오르지 못했다. 다음 날 아침, 그는 역시 언제나처럼 골방 안에서 괴로운 비명을 올리며 눈을 떴다. 누군가 끈으로 목을 조르는 악몽에 시달렸다. 몸은 땀에 흠뻑 젖어 있었다. 어쨌거나 몸을 움직이는 것이 겁나는 듯, 그는 다시금 눈을 감고 거칠게 숨을 몰아쉬기만 했다.

정말로 목은 괜찮은가 확인하려고 덜덜 떨면서 손을 들어 만지는 순간, 무언가 딱딱한 것이 손끝에 닿아 깜짝 놀랐다. 꿈이 아니구나, 눈을 감은 채 가만히 숨을 골랐다. 완전히 기도하는 기분으로 이번에는 튕기듯이 가만히 반대편 손을 내밀어 주의 깊게 목덜미 쪽으로 가져갔다. 아니, 그렇지도 않은가 본데? 하고 생각한 순간 정면에 뭔가가 또 만져지자 그는 흠칫하여 그대로 불상처럼 굳어졌다. 한 2, 3분 지났을까, 겨우 마음이 가라앉아 그것은 대체 뭘까 하고 다시 한번 찔러 보려고 했다. 기분 탓인가, 이번에는 만져진 것이 조금 흔들린 것 같다.

뭔가 이상하다 싶어 두 손가락으로 집어 보고, 어라? 어라? 이

끌리는 대로 그것을 만지작거리다가, '뭐야!' 하고 기가 막힌 듯이 외치면서 그는 목덜미 쪽에 덮인 것을 서둘러 치우며 일어났다. 그것은 사각사각 소리를 내며 날아가 온돌 위에서 흔들리고 있었다. 다름 아닌, 진흙 범벅의 복숭아 가지였다. 그는 후, 하고 크게 숨을 내쉬며 손으로 목줄기의 땀을 닦다가, 갑자기 실성한 것처럼 킬킬 웃었다. 하지만 사기그릇이 깨지는 듯한 자신의 목소리는 조금도 변하지 않았으니, 그는 비로소 이제 괜찮구나, 가슴을 쓸어내렸다.

 누추한 방 안이 어둑한 걸 보니, 아직 이른 아침인 것 같다. 하루 종일 해가 들지 않는 동굴 같은 방이지만, 그에게는 장지문 창호지 밝은 정도가 시계 대신이었다. 동쪽으로 이어진 부엌 봉당에서는 노파가 지금도 남편과 말다툼을 하는지 뭔가 퉁명스런 소리로 외치면서 아궁이에 불을 지피고 있었다. 봉당에 가득 고인 연기가 장판 종이 찢어진 틈으로, 장지문 구멍으로, 벽의 갈라진 틈새로 모락모락 침입해 들어왔다. 그는 숨이 막히는 듯 두세 번 기침을 하고 얼굴을 험하게 찡그린 채 기분 나쁜 눈으로 복숭아 가지를 노려보았다. 이제 꽃은 완전히 떨어져 가지 끝은 부러지고 볼품없이 진흙으로 더럽혀져 있었다. 괜히 건드려 봤자 좋을 것이 없다는 소리를 들으며 누구에게나 두려움의 대상인 현룡인

131

데, 그까짓 꿈 때문에 이건 또 무슨 일인가 생각하니, 갑자기 기분이 나빠진다. 참담한 잔해를 드러내고 있는 복숭아 가지가 지금의 자기 모습 같았다. 그러자 지난 밤 꽃 파는 농부의 가여운 모습이 커다랗게 떠오르더니, 양손을 허우적거리며 절망적으로 울부짖는 소리가 들려온다.

"어째서 다들 웃는 겁니까, 웃지 마세요, 난 뒈져버릴래요. 웃지 마세요!"

방 안은 마치 연막을 친 것 같았다. 현룡은 이런 절망적인 목소리로부터 벗어나고자 갑자기 제 팔에 머리를 묻고 귀를 막았다. 그리고 데굴데굴 그 자리에 쓰러져 몸을 떨었다. 그래, 나야말로 뒈져 주겠어! 종로 네거리 한가운데서 자동차와 전차 사이에 끼어서 폭탄처럼 흩어지며 죽어 주겠어!

사실 그는 어젯밤부터 자신의 죽음에 대한 생각만 했다. 죽으려면 교통사고여야 한다. 큰 길 한 가운데서 무참하게 죽는 것이야말로 최상의 복수라고 생각했다. 그래야 죽어도 여한이 없다고 생각했을 때 방 안이 깜깜해지며 천정이고 벽이고 온돌바닥이고 할 것 없이 구석구석에서 자신의 시체를 조롱하는 군중의 웃음소리가 와하하하 소용돌이치기 시작했다. 그는 견딜 수 없어 쫓기듯 튕겨 일어났다.

"나는 안 죽어, 죽지 않는다고."

그는 악마처럼 울부짖었다. 거칠게 격투라도 하는 것처럼 양손을 엄청나게 흔들어대면서 날뛰었다.

이젠 연기 때문에 눈도 안 보이고 숨조차 쉬기 어려웠다. 그는 결국 제정신을 잃고 데굴데굴 온돌 위를 구르기 시작했고, 무릎이 덜덜 떨렸다. 와하하, 와하하 하는 웃음소리는 갈 길을 막고 구석구석에서 새빨간 불꽃이 되어 활활 타오르며 다가온다. 환영이 덮쳐왔다. 이윽고 그는 공포에 휩싸여 뭔가를 외치며 출구를 찾아 헤맸다. 노파는 이 미친놈이 또 왜 저러는가 하고 문밖에 와서 부들부들 떨기 시작했다. 하지만 도망치려 발버둥 치던 그의 몸이 때마침 장지문에 걸리는 바람에 그는 갑자기 밝은 곳으로 나자빠져 버렸다. 노파는 꺅 소리를 지르며 비켜섰다. 숨쉬기가 약간은 편해졌고 잠시 쓰러져 있는 동안 무서운 환각도 잦아들어 그는 그저 방심 상태로 커다란 눈만 굴리고 있었다. 하늘에는 구름이 거칠게 흐르고 있었다. 그때 약속대로 여류시인 문소옥이 산뜻한 차림으로 나타났다. 그녀는 그 광경을 보고 놀라 멈추어 섰지만, 곧 과장되게 손뼉을 치고 허리를 흔들면서 깔깔 웃었다.

"저런, 저런, 어떻게 된 거예요?"

그녀가 달려왔다. 하지만 현룡은 정신이 나간 사람처럼 그저 멀뚱멀뚱 그녀를 신기한 듯 올려 볼 뿐이었다. 노파는 넋이 나간 사람처럼 중얼거리며 부엌 쪽으로 사라졌다. 문소옥은 혼자서 당혹스러워 하다, 겨우 정신을 차려 온 힘을 다해 그를 안아 일으켰다. 그는 어젯밤 취해 꼬부라져 돌아오자마자 침상에 엎어진 채 꺼이꺼이 울다가 잠이 들어서 양복을 입은 채였다. 시인은 그의 양복에 묻은 먼지를 털어주며,

"대체 무슨 일이 있었던 건가요?" 라고 물었다.

"어머, 현룡 선생님, 오늘은 또 뭔가 영감이라도 받으신 모양이네요. 빨리 가요, 이제 시간 다 됐어요."

현룡은 백치처럼 앉아서 기분 나쁘게 히죽히죽 웃기만 하다가 갑자기 티끌만 한 의식의 조각이라도 번득인 건지, 미심쩍은 듯 목을 길게 빼고 물었다.

"어딜?"

"어머나!"

그녀는 현룡의 표정에 놀라 뒷걸음질치며 머뭇거렸다.

"……오늘은 축일이잖아요, 신사에 가야죠."

"신사?"

그는 뭔가 어려운 일이라도 생각난 듯이 되물었다.

"……그래요."

그러자 현룡은 어찌된 일인지 갑자기 킥킥 웃기 시작했다. 신사라는 말이 그에게는 갑자기 재수 없게 들렸다. 신사의 신은 일본인의 신이라고 아무도 모시러 가지 않았을 무렵, 솔선하여 일본인

무리에 섞여 신전 앞에 엎드려 머리를 조아리던 당시의 그는 정말 중요한 인물로 주목도 받았고 여러 역할도 했었다. 하지만 지금은 그렇지 않다. 오히려 어중이떠중이 할 것 없이 신사로 신사로 구름처럼 몰려가는 조선인들이 미워서 견딜 수 없을 지경이었다. 문소옥은 온몸에 털이 서는 것처럼 섬뜩하여 몸을 움츠렸다.

"다녀올게요."

그녀는 기어들어가는 목소리로 한마디 던지고 허둥지둥 달아났다. 그 모습을 본 현룡은 기분 좋다는 듯 킬킬 웃더니 깜짝 놀란 듯 일어섰다. 하늘은 점점 얼굴을 찌푸려 구름은 북쪽으로 북쪽으로 몰려 간다.

순간적으로 그는 문소옥의 따뜻하고 촉촉한 몸이 생각났다. 욕정이 차올라 지금 당장 그녀를 잡아야 한다는 생각이 들었다. 그 길로 황급히 넘어질 듯 쪽문을 빠져나와 마당으로 뛰어나갔다.

축축한 땅에 집들은 쓰레기통처럼 으르렁거리고(당시의 쓰레기통은 집 바깥 쪽에 있었고, 사방 1미터 정도의 상자 모양이었다. 철제 또는 나무 뚜껑이 있어서 바람이 불면 때때로 기괴한 소리가 나기도 했다. 이런 쓰레기통은 1980년대까지 서울에 남아 있었다 - 옮긴이) 하수도에는 재나 지저분한 걸 흘려보내는 탓에 악취가 진동했고, 거친 바람에 재와 먼지가 날리고 있었다. 골목길을 빠져나와 저 멀리 허둥지둥 도망치는 여류시인의 모습이 팔랑팔랑 나부끼고 있었다. 현룡은 킬킬 웃으며 안짱걸음으로 열심히 휘적거려가며 심술 맞게 따라가기 시작했다. 도망가던 그녀는 딱 한번 뒤를 돌아보았고, 두 손을 휘저으며 따라오는 현룡에게 놀라 혼비백산 비명을 지르며 내달렸다. 그는 자꾸 쫓아갈수록 재미있어져서 뭔가 외치거나 부르짖기까지 했다. 흙담 옆, 흙장난을 하던 두 세 명의 아이들이 손뼉을 치며 요란한 소리를 내고 있었다. 이윽고 문소옥은 구르듯이 골목을 벗어나 고가네도리 쪽으로 빠져나갔다. 바로 그때였다. 현룡이 마지막 골목을 돌아 나가는 순간 갑자기 큰길 쪽에서 나팔소리가 맑고 또렷하게 들려왔다.

그는 갑자기 벌떡 일어나는가 싶더니, 어쩐 일인지 와들와들 몸을 떨기 시작했다. 다음 순간 도망쳐 숨으려는 듯이 옆에 있는 집 굴뚝 뒤에 몸을 딱 붙이고 숨을 죽인 채 눈을 희번덕거리며 큰길 쪽을 노려보았다. 악단을 선두에 세운 긴 행렬이 신사 쪽을 향해 행진하고 있었다. 왠지 행렬이 자신을 포위하여 쫓아올 것만 같았다. 각반을 두른 중학생이나 전문학교 학생들의 행렬이 끝도 없이 이어졌다. 뒤쪽에는 국방복을 입은 교사와 그밖의 신문 잡지사 사람들과 얼굴도 모르는 문인들이 줄줄이 따라가고 있었다.

행렬이 지나가 버리자 그는 다시 황급히 골목 어귀까지 뛰어 나갔다. 그늘에서 숨을 죽이고 흐릿한 눈으로 바라보니 행렬은 이제 저 멀리 가늘게 사라져가고 있었다. 이미 어딘가 행렬 속에 섞

여들어 갔는지 모습을 감추어 버린 여류시인 따위는 잊어버리고, 현룡은 행렬과는 반대 방향으로 누군가에게 쫓기기라도 하듯 달려갔다. 머릿속이 모래를 가득 쑤셔 넣은 것처럼 어질어질 혼란스러웠다. 때때로 호텔, 절 같은 상념이 운모처럼 반짝이며 정면을 막아섰지만, 금방 또 거친 모래바람이 덮친다. 으슬으슬한 날이었다. 당장 달이라도 나올 것 같은 아침이라고, 그의 마음 한구석에 존재하는 별난 인간이 생각했다.

하지만 달은커녕 가랑비가 추적추적 내리기 시작했다. 길 가는 사람들의 발이 눈에 띄게 빨라졌다. 현룡은 전차로 한가운데를 미친개처럼 목적지도 없이 나아갔다. 이제 덥수룩한 머리는 비에 젖어 소용돌이 치고, 어깨는 비를 맞아 축 늘어져 있었다. 자동차가 스쳐 지나가고 전차는 뒤쪽에서 거칠게 경적을 울린다. 그 소리가 겨우 귀에 들어오자 그는 침묵한 채 조용히 피했다. 때로는 피하는 동시에 같이 뒤돌아 주먹을 휘두르며, '자식, 나를 죽일 생각이냐' 하고 미친놈처럼 부르짖었다.

하지만 반 시간 남짓 걸어서 사범학교 앞쪽까지 가더니, 그는 문득 뭔가에 홀린 듯이 오른쪽으로 꺾어져 어두운 골목 쪽으로 들어갔다. 진흙이 구두에 튀고 구두는 물을 걷어찬다. 그러는 사이 비가 본격적으로 내리기 시작했다. 길바닥을 부지런히 달려가던 사람들은 놀라 멈춰 섰고, 뒤돌아보며 고개를 저었다. 그는 끝없이 이어지는 골목길을 따라, 무의식적으로 왼쪽으로 꺾었다 오른쪽으로 꺾었다 하며 길을 누비며 가고 있었다.

자신은 지금 절을 찾아가는 거라고, 산산히 흩어진 신경 중 하나가 먼 곳에서 말하듯 속삭인다.

그 길을 끝까지 올라가면 묘광사라고 생각했다. 다시금 그 신촌 뒷골목의 거미집 같은 미로에 들어갔다. 현룡의 환각 속에서 그 길은 포플러가 당당하게 서 있는 넓은 가로수길처럼 보였다. 진흙투성이의 하수는 깨끗하고 맑은 개천처럼 느껴졌다. 그곳에서 개구리가 우글우글 입을 맞춰 소란스럽게 개굴거리는 듯한, 귀를 덮치는 환청이 들려왔다. 바람이 쌔앵 쌔앵 거칠게 불어대며 포플러 가지가 부러질 것처럼 보였다. 이제 그의 발은 걸려 넘어질 듯 비틀거리다가, 실수로 웅덩이에 빠지기도 했다. 그래도 그는 정신없이 기어 일어섰다. 그때 갑자기 발 쪽에서 개구리들이,

"요보(조선인)!"

"요보(조선인)!"

하고 우는 소리가 소란스럽게 들려왔다. 그는 갑자기 겁먹은 듯 귀를 틀어막고 도망치며 외쳤다.

"요보 아니야!"

"요보 아니야!"

그는 조선인이기 때문에 도래한 오늘날의 비극으로부터 몸부

립치며 도망치고 싶었을 것이다. 갑자기 그의 고막이 찢어질 듯 소리를 내며 폭발하는 것 같았다. 그런데 이상하게도 아까의 개구리 소리는 사라지고, 뭐랄까, 갑작스럽게 이상한 소리가 들려왔다. 그것은 점점 복잡하고 크고 분명하게 들려왔다. 어느새 몇천, 몇 만 명의 사람들이 합창이라도 하는 것인지 '남무묘법연화경, 남무묘법연화경' 같은 염불이 큰북과 목어 소리를 타고 바다처럼 그의 주변을 뒤덮었다. 그는 마치 그 사이를 헤엄치는 것처럼 허우적대며 구원을 청하려고 부산스럽게 헤매고 다녔다. 하지만 미로는 역시나 구불구불하게 이어져 있어 걸어도 걸어도 끝나지 않는다. 혼란 속에서, 현룡은 극도로 초조함에 쫓기어 '저 중들의 경이나 염불이 일제히 나를 저주하며 쫓아오는구나' 하고 외치며 있는 힘을 다해 달렸다. 무릎을 꿇고 풀썩 넘어지기도 했지만, 느릿느릿 다시 기어 일어난다. 이렇게 해서 그는 눈만 새빨갛게 불타는 미친 소같은 모습이 되었다. 하지만 사실 이번에야말로 경이나 염불이 떠도는 해풍에 휩싸여 부드럽게 하늘 위로 올라갈 것 같은 기분이 들었다.

그런데 그게 아니다. 그의 마음 저 깊은 곳에서는 자신이 사창가 일대로 들어가고 있다는 것을 알고 있는 것이다. 사실은 자신이 머문 적이 있는 집들을 버둥거리며 찾아다니는 것이다. 하지만 어디나 똑같은 빨갛고 파란 페인트를 칠한 집뿐이고 때마침 쏟아지는 억수 같은 비는 물보라처럼 보였다. 그는 팔을 휘저으며 뭐라고 두세 마디 높이 외쳤다. 그러고 나서 갑자기 살기 어린 단말마의 투우처럼 무서운 기세로 달려들어, 한 집 한 집, 대문을 두들기며 돌아다니는 것이었다.

"이 일본인을 구해 줘, 구해 줘!"

그는 겨우 숨을 쉬면서 외쳤다. 그리고 또 다른 집으로 뛰어가 대문을 두드렸다.

"열어 줘, 이 일본인을 들여보내 줘!"

또 달린다, 대문을 두드린다.

"이제 나는 조선인이 아니야! 겐노가미 류노스케(玄上竜之介)다! 류노스케를 들여보내 줘!"

어디선가 천둥이 우르릉 우르릉 울고 있었다.

풀이 깊다

풀이 깊다

첩첩산중 깊은 산에 둘러싸인 오지 마을, 이런 외진 회당에서 옛 은사 코풀이 선생님을 다시 만날 줄 박인식은 꿈에도 생각하지 못했다. 군수인 작은아버지가 산민(山民)들을 한곳에 끌어 모아 앉혀두고 이른바 '색의 장려'(색의 장려 운동. 조선 총독부가 흰옷이 생산력을 떨어뜨린다고 생각해 백의 착용을 금지했던 정책 - 옮긴이)에 대한 연설을 하기 위해 무게를 잡으며 연단에 나타났을 때 그의 등 뒤에서 굽실굽실 바람에 실려 오듯 따라온, 가냘픈 목을 한 오십대 통역, 그는 틀림없이 중학교 은사 코풀이 선생님이었다. 뜻밖의 상황에 놀란 인식은 숨을 죽이고 눈을 크게 떴지만, 다음 순간 계속해서 가슴을 찔러대는 무언가에 부딪혔다. 역시나 선생님은 옛날처럼 한 손에 '항케치'(ハンケチ. 손수건을 이르는 일본식 영어 '항카치'의 변형 - 옮긴이)를 들고 빨개진 코를 세차게 풀고 있었다. 달

라진 것이 있다면 그저, 그 '항케치'가 옛날보다 훨씬 더럽다는 것뿐이었다.

작은아버지는 한 군(郡)의 수장이 조선어를 사용해서야 위신이 서지 않는다고 생각한 나머지, 코풀이 선생님을 앞세워 본인의 일본어를 조선어로 통역하게 했다. 인식은 이곳에 와서 작은아버지가 일본어 따위 전혀 알지 못하는 젊은 첩에게까지 너무나 의기양양하게, 그것이 또 대단한 일본어인 양 떠드는 것을 몇 번이나 보았던 터다. 그런 작은아버지가 누구 한 사람 일본어를 알 턱 없는 산민들을 향해 일부러 통역까지 세워가며 불쌍할 만큼 우스꽝스러운 연설을 한다는 사실이 특별히 놀랍지도 않았다. 그렇지만 인식은 뚱뚱하게 살찐 작은아버지 옆에 코풀이 선생님이 쭈뼛쭈뼛 서서 얼굴이 빨개지거나 코를 항케치로 누르거나 하는 광경을 도저히 견디기가 힘들었다.

"아아, 저 선생님……, 이건 완전 비극이군."

인식은 중얼거렸다. 그의 입장에서 한때 예사롭지 않은 인연이 있었던 옛 은사님을 이런 곳에서 발견한 것은 커다란 충격을 넘어 뭐라 형용하기 힘든 슬픈 일이었다. 중학교 때 있었던 일이 달아오른 머릿속에서 빙글빙글 소용돌이치기 시작했다. 입술을 꼭 다물고 팔짱을 낀 채 그는 물끄러미 연단을 바라보았다. 코풀이 선생님은 손수건을 한 손에 둥글게 말아 쥐고 약간 눈을 감은 채 군수가 하는 말을 한마디도 놓치지 않으려는 듯 집중하고 있었다.

"에에 또, 그러니까 본인은 하얀 옷을 폐지하고, 색깔 옷을 착용해야 한다고 주장하는 바이다."

작은아버지는 가슴을 편 채 태연히 뒷짐을 지고 그 잘난 일본어 연설을 하고 있었다.

"조선인이 가난해진 것은 하얀 옷을 착용했기 때문이다. 경제적으로도 시간적으로도 비효율적인 것이다. 즉, 하얀 옷은 금세 더러워지기 때문에 새 옷을 사려면 돈이 필요하고, 세탁하는 데 시간이 걸리기 때문이다."

허리를 구부리고 엎드려 있는 볼품없는 산골 사람들은 멍하니 입을 벌린 채 무슨 소리를 하는지 신기하다는 듯 바라보고 있다. 작은아버지는 한 단락을 마무리 짓더니 의기양양하게 좌중을 둘러보며 잠시 콧수염을 쓰다듬어 보였다. 그러자 이번엔 코풀이 선생님이 콧물을 킁, 풀고 나서 조선어로 통역하기 시작했다. 그 목소리는 확실히 5, 6년 전보다 떨리고 머뭇거렸다. 하지만 그런 감상은 차치하고, 혼자만의 앙분이 격해져서 불안정해진 탓인지 인식은 가슴 속이 두근두근 떨려와 잠시도 견딜 수 없을 만큼 괴로웠다.

원래 그는 첩첩산중 깊숙한 곳에 사는 화전민들의 질병을 조사할 목적으로 양부산 가는 길에 이 산간 마을에 들른 것일 뿐이었다. 하지만 이곳에 와서 매일같이 자신을 휘감는 묘한 기분을 견딜 수 없었다. 어쩐지 구원받을 수 없는 사람들이 사는 이야기 속을 헤매는 기분이랄까. 사실, 이곳에 모인 사람들의 옷이 희든 검든 무슨 상관이란 말인가? 너무 바보스러운 상황에 인식은 강한 반발심을 느꼈다. 물론 그는 경제적인 견지에서도 또 위생상으로도 '색의 장려' 정책에 반대하지 않지만, 척 봐도 여기에 흰옷을 두른 이는 하나도 없다. 게다가 몇 년간 세탁을 하지 않았는지 그들의 낡아빠진 복장은 마치 죄수복 같은 흙빛이지 않은가! 회당 안에서 눈에 띄는 흰옷이라면, 연단 옆 의자에 단정하게 앉은 내무 주임의 리넨 하복정도인 것이다. 아무리 상부 관청의 명령이라고 해도 작은아버지는 내일 아침 일용할 양식도 없는 사람들을 불러 모아 도대체 무슨 말을 하는 것인가!

　작은아버지 혼자만 의기양양해서 가슴을 내밀고 일본어를 떠들어댄다 싶더니, 이번에는 옛날 자신을 중학교에서 가르쳤던 선생님이 황송하다는 태도로 그 연설을 통역한다. 정말이지 이 산골 사람들에게 너무 잔혹하지 않은가 싶어 견딜 수 없었다. 결국 인식은 무거운 마음을 견디지 못하고 스스로를 지탱할 수 없어서 자리를 박차고 일어나 모두의 시선을 한몸에 받으며 회당을 빠져

나왔다. 둘 곳 없는 미움과 한없는 슬픔을 어찌하면 좋을지 알 수 없었다. 인식은 회당 바로 뒤의 언덕에 있는 작은아버지의 관사를 향해 발걸음을 옮기면서 이런저런 감회에 잠겼다.

"그래. 생각해 보면 저 코풀이 선생님이 이런 산골의 비참한 관리가 되어 있는 것도 그렇게 놀랄만한 일은 아니야."

그는 마음을 가라앉히듯 스스로를 타일렀다. 하지만 아무리 그래도 이 옛날 은사님이 이 지경에 이른 운명에 대해 자신에게 어느 정도 간섭과 책임이 있다고 생각하니, 역시 뭔가 씁쓸했다. 그렇지 않아도 이따금 이 은사님 생각이 나서 '지금 어떻게 지낼까' 측은한 생각조차 했었다.

중학교 5학년 2학기 때 일이다. 전교생이 들고일어나 동맹휴교에 들어갔을 때, 인식과 그의 친구들은 이 코풀이 선생님도 함께 배척했다. 그건 무엇보다도 그를 가장 딱하게 생각했기 때문이었다.

코풀이 선생님은 그들에게 조선어 독본을 가르쳤다. 하지만 원래 조선어 선생이란 가장 보잘것없는 존재였다. 그래서 학교의 늙은 수위도 시골 향리에 돌아가 술이라도 한잔 마시면, 자기가 조선어 선생이었다고 떠든다는 소문조차 있을 정도였다.

코풀이 선생은 마치 비참함의 표본을 온몸으로 보여주기라도 하듯 매일 아침 가장 먼저 출근해서 어스름에야 귀가하는데, 수업을 위해 교단에 섰을 때든, 교무실에 쭈그리고 앉아 일을 할 때든, 하루 종일 얼굴이 새빨개져서는 코만 홀짝홀짝 풀어대는 것이었다. 다른 젊은 일본인 선생님들은 유일한 조선인 선생인 그를 업신여겨 슬며시 이런저런 심부름을 시키거나 명령하거나 부탁하거나 했다. 원래가 자격이 없는 선생으로 15년간 모교인 중학교에서 조선어를 가르쳤지만, 직급도 가장 낮은 만년 판임관 7급(당시 일본의 공무원 등급 중 하나로, 책정된 관등 15개 중에서 8등관 이하의 문관을 판임관이라고 하였다 - 옮긴이)이었다. 그에 반해 일본인은 아무리 젊은 나이에 건너오더라도 봉직을 하기만 하면 3, 4년도 지나지 않아 임관이 되었으며, 판임급에 있을 때라 하더라도 보너스를 합하면 거의 코풀이 선생님의 배가 되는 금액을 받았다. 그래서인지 모두 코풀이 선생님을 늙은 하인처럼 생각했다.

"뭘로 드시겠습니까?"

점심시간이 되면 코풀이 선생님은 한 사람 한 사람 찾아다니며 물었다.

"아아, 그렇구나, 벌써 점심시간인가, 나는 냉면으로 하겠네."

"오야코동(닭고기 계란 덮밥 - 옮긴이)으로 해 주시게."

"난 됐네."

"우동."

이런 식이었으므로 인식과 친구들은 뭔가 말썽을 부려서 교무실에 혼나러 갈 때도 이 늙은 코풀이 선생님을 보는 것이 못 견디게 괴로웠다. 하지만 젊은 선생님들에게 네, 네 하며 주문을 받고 나면, 정작 본인은 구석에 있는 자기 자리로 돌아가 점심을 굶은 채 부스럭부스럭, 다시 일을 시작했다.

언젠가 어떤 학생이 칠판에 조선어로 '우리는 ××가 아니다'라고 쓴 일이 있었다. 교실에 들어가면서 그걸 힐끗 본 코풀이 선생님은 사지를 부들부들 떨면서 겨우 교단 위로 올라가더니, 한참동안 얼굴이 새빨개져서는 '항케치'로 땀만 닦아낼 뿐이었다. 이윽고 차분함을 되찾아 교과서를 펴고 분필을 잡고 칠판을 향해 손을 뻗었는데, 그 손은 덜덜 떨며 뭔가 끊임없이 글자를 쓰려고 하는 것 같았다. 하지만 어쩐 일인지 그 손은 낙서와 같은 ××라고 하는 글자를 써 버렸다. 이런 일을 생각하니, 지금의 코풀이 선생님이 더 견딜 수 없이 불쌍해졌다.

인식은 관사에 돌아가서 모든 상념을 털어버리려는 듯이 아무렇게나 누워버렸다. 하지만 어렴풋이 햇살이라도 비치듯 동맹휴교를 단행했던 날의 광경이 떠올랐다. 함성 소리가 들린다. 화난 목소리가 메아리친다. 코풀이 선생님은 눈이 빨갛게 부어 전교생이 2층의 각 교실에서 농성하며 북적거리는 곳으로 숨을 씩씩 몰아쉬며 올라왔다. 학생들은 모두 갑자기 일어나 수풀처럼 주먹을 흔들어 올리며 '×× 꺼져라, ×× 꺼져라!' 하고 외쳤다. 코풀이 선생님은 정신이 나간 채 학생들 사이를 비집고 들어왔다. 그런 소란 속에서 인식은 누군가가 자신의 어깨를 꽉 끌어안는 것을 느꼈다. 놀라서 올려다보니 콧물을 한가득 매단 채 울고 있는 코풀이 선생님이 서 있었다.

"나까지 쫓아내서, 나까지 쫓아내서…." 그는 울먹울먹 목메는 소리로 신음했다. "어쩔 생각인가?"

그는 목에 매달리며 갑자기 커다란 소리를 내며 엉엉 울었.

"내게 무슨 원한이 있는가? 원한이 있다면 나를 때리시게! 우리 집에는 구더기처럼 아이들이 가득하다네. 좀, 봐주게나!"

인식과 친구들은 무시당하며 들볶이는 동족인 비굴한 선생님을 단 하루도 참을 수 없는 기분이었다. 그래서 이참에 노회한 교장과 다른 한두 명의 교사와 함께 그를 배척하기로 했다. 결국 50명 가까운 학생이 추방당하고 코풀이 선생도 면직되었으나, 얼마 지나지 않아 교장은 경성 쪽으로 전근을 갔고, 다른 교사들도 각각 임관되었다. 그러고 나서 5, 6년이라는 시간이 흘러 인식은 생각지 못하게 이 늙은 선생님을 이런 곳에서 다시 만난 것이다.

코풀이 선생님은 무슨 연유인지 인식을 특별히 아꼈다. 그런 그에게 자신은 갚을 수 없는 잘못을 저지른 것이 아닐까. 오늘 다시 옛 스승의 비참한 모습을 보았을 때, 그는 진심으로 무어라 형용할 수 없이, 울고 싶어도 울 수 없는 기분이었다.

이렇게 혼자 씁쓸한 생각에 빠져 있는데, 마침 작은아버지가 목덜미의 땀을 닦으면서 의기양양하게 돌아왔다.

"너는 왜 중간에 나온 거냐?"

"너무 더워서요."

인식은 일어나면서 화가 치미는 듯 조선어로 중얼거렸다.

"무시아쯔깟따(더웠다고)?"

작은아버지는 그렇게 일본어로 받아치더니,

"흐음, 그래서 대학생, 내 연설은 어떠했느냐?"

하고 방긋 웃으며 대답을 기다리듯 닭 같은 눈으로 응시했다. 사실, 아까도 군수는 자신의 연설을 봐 달라며 무리하게 인식을 회당으로 끌고 간 것이었다.

"아아…"

인식은 돌려줄 말이 없어 머뭇거리는데,

"에헴, 어떠냐? 훌륭했지? 에, 그러니까 말이야, 내 연설은 말이야, 상관들도 인정한다고. 다시 말해서 나를 웅변가라고 모두가 칭송하는 거야."

그러고는 갑자기 고개를 내밀고 히히거리며 웃다가 이번에는 목소리를 낮추어 조선어로 말했다. "그 여우 같은 낯짝을 한 내무 주임도 말이야, 연설만큼은 나한테 안 돼서 고개를 숙인단 말이야. 제아무리 일본인이라 하더라도 상관인 나보다 실권이 있고 수입도 많다고 잘난 척해도 말이지, 연설하는 모습을 보면 나의 위대한 점을 일목요연하게 알 수 있을 테니까. 으하하하하!"

그는 그렇게 배를 흔들며 웃는 것이었다.

작은아버지가 이렇게 자기 앞에서는 잘난 척해도, 인식은 이미 그의 심중을 꿰뚫어 보고 있었다. 사립대 전문부를 나와서 문관 자격을 받았으므로, 사십 대 중반을 넘겨서야 겨우 이 산간마을의 군수로 임명받은 그였다. 군수라고는 해도 급료는 적고 나가는 돈은 터무니없이 많은 존재여서 실권은 늘 아랫사람인 내무 주임이 다 쥐고 있었다. 인식이 와서 보니 군수는 지정된 작은 관저에서 쿨쿨 낮잠을 자거나 공연히 차만 마시거나 하품을 하면서 그날그날을 보내고 있었다. 행정은 모두 내무 주임에게 맡겨 놓고 모든 일이 잘 돌아가고 있을 거라 믿는 것밖에는 다른 수가 없었다. 때때로 부하가 결재를 받으러 오면 서류 위에 커다란 도장을 쾅쾅 찍는 것이 낙이었다. 단 하나 중대한 역할이 있었다. 그것은 도의 상부 관청에서 누군가가 출장을 나왔을 때 쫄랑쫄랑 그 뒤를 따라다니다가 밤이 되면 군청 간부를 모아 요정에서 성대한 잔치를 열어 극진히 대접하는 일이었다. 특히 그렇게 갑작스럽게 군수가 된 사람은 면직될 날이 뻔한 만큼 그 유일한 역할에 더욱 충실해야 했기 때문에 백 원도 안 되는 월급으로는 매달 비용을 감당할 수 없게 된다. 그래서 빚이 늘어나 유산으로 물려받은 전답을 팔아 버리고 있다는 것을 인식은 마을에 있는 정실 작은어머니에게 들어서 익히 알고 있었다.

군수 자신도 그저 봉건적인 출세욕에 마차 끄는 말처럼 익숙해져 버렸다고는 하지만 매일 밤이 유쾌할 리 없었다. 수입 면에서도 부하인 내무 주임 쪽이 수당까지 합치면 오히려 훨씬 많을 정도고, 연회비 또한 내무 주임이 쪼잔하게 주머니를 쥐고 있으니, 인식의 작은아버지도 이런 자신의 지위에 대해 큰 불만이 있을 터였다.

"하지만 아무리 연설이 훌륭해 봤자……."

인식은 젊은 대학생다운 분노에 찬 태도로 꼴보기 싫다는 듯 외쳤다.

"그게 대체 뭐란 말인가요? 실제로 거기에서 흰옷을 입은 건 단지 작은아버지의 부하인 내무 주임뿐이었어요!"

"맞다, 맞아!"

작은아버지는 옳다구나 싶은지 몸을 앞으로 내밀며 기세 좋게 조선어로 말했다.

"그러니까 안 된다는 거야. 내무 주임은 일본인이라는 이유로 스스로 모범을 보인다든가 그런 게 없다니까. 괘씸한 녀석이야,

괘씸한 녀석."

"그런 건 차치하고, 거기 모인 사람들 옷은 다들 어엿한 색깔 옷이었어요."

그는 자신의 목소리가 떨리는 것을 느꼈다.

"모두 흙빛……그 흙빛에 물든 너덜너덜한 옷이 어떻다는 겁니까!"

"이야(아니), 그런 소리 하지 마!"

작은아버지는 넥타이 풀려던 손을 멈추고 재빨리 말을 일본어로 바꾸었다.

"녀석들은 교활해서 일부러 그런 옷을 입고 오는 거야. 대학생 눈에는 그게 안 보이겠지. 하지만 오늘 내 연설에는 녀석들도 완전히 감복했어. 봐라! 이것으로 색깔 옷 입는 사람이 늘어나겠지? 실제로 이걸로 내 실적도 올라갈 거야. 아무래도 그 숫자를 올리지 못하면 군수도 못 해먹으니까 말이야. 너 같은 대학생은 잘 모르겠지만, 관청에서는 뭐든 숫자 숫자 하거든. 좀 있으면 우리 군의 성적도 올라갈 거야. 내일 장 서는 날이니까 직접 한번 시장에 나가 격려해 볼까나?"

그리고 갑자기 흐흐흐 웃더니 인식의 소매를 끌어당기며 창문 쪽을 가리켰다.

"저기를 봐, 저기를 보라구."

창 너머 손끝이 가리키는 곳을 보니, 아까 회당에 모였던 남자와 여자들이 놀랍게도 등짝에 검은 먹으로 ○나 △나 ✕표시를 한 채 한 사람 두 사람 머뭇거리며 지나간다. 아무리 작은아버지라도 조금은 뒤가 켕기는지 괜스레 한층 더 흐흐거리며 웃어댔다.

"대체 무슨 짓을 하신 겁니까? 저 사람들한테…."

인식은 핏기가 싹 가신 창백한 얼굴로 일어나, 분노에 차 몸을 부들부들 떨며 격렬하게 소리쳤다. 그리고 굳은 표정으로 작은아버지의 얼굴을 노려보았다.

"너야말로 왜 그러는 게냐? 그런 눈을 하고!"

군수는 좀 기가 눌려서 몸을 돌렸다.

"아까 그놈들이 내 연설에 감복해서, 돌아가는 길 입구에서 색깔 옷을 입겠다는 증표로 먹을 칠하는 것이야."

"대체 누가…."

"그러니까, 내 부하들이 하는 거지…."

"그 통역하던 노인도?"

인식은 갑자기 기운이 빠져 무언가를 두려워하듯 희미한 목소리로 물었다.

"그래. 그 사람은 옛날 내 중학교 스승이었지만 지금은 군청의 교화 주사(敎化主事)니까, 당연한 거지!"

"제 스승이기도 했습니다."

"나도 안다. 너희들이 쓸데없는 짓을 해서 저 선생님이 쫓겨나 곤란에 빠진 걸 내가 부하직원으로 채용한 거야. 붓글씨를 잘 써서 대단히 쓸모가 있단다."

"……."

두 사람은 각각 자기 생각에 잠겨 창밖 작은 길 쪽으로 사라져 가는 사람들을 바라보고 있었다. 다시금 그들의 눈앞에는 먹으로 표시가 칠해진 채 죄수처럼 묵묵히 걸어가는 남자 대여섯 명의 뒷모습이 나타났다.

"교화 주사가 너를 만나고 싶다더구나. 나중에 찾아온다고…."

"……제가 온 걸 알고 계셨습니까?"

"네가 중간에 나가는 걸 봤지 않았겠냐?"

마침내 인식은 목적지인 양부산을 향해 아침 일찍 나서기로 결심했다. 이제 한시도 쓸데없이 지체할 수 없다는 초조함에 견딜 수가 없었다. 게다가 같은 대학에 적을 둔 다른 학생들은 이미 양부산 화전민집단 거주지역에 도착하여 각각 분담 받은 역할에 따라 산민 경제, 종교 신앙, 문자 해독 정도, 질병 상태 등의 조사를 시작했을 것이다. 어쨌든 그 무렵은 대학생에서 중학생에 이르기까지 모두가 젊은 열정을 안고 여름방학을 이용해 농촌으로 어촌으로 산촌으로 들어가던 시기였다. 야학을 열어 문맹자에게 빛을 주기 위해, 또는 그 생활을 빠짐없이 조사하여 그들과 호흡을 함께하기 위해.

인식 자신도 같은 대학 유학생 그룹에 참가해서 양부산을 중심으로 한 사람의 의대생으로서 산민 위생을 조사하거나 간이 치료를 하기 위해 나온 것이었다. 오랜만에 고향에 돌아오면 한 줌의 흙, 한 다발의 풀조차 새롭게 느껴져 가슴 설레는 그였다. 그렇지만 타고나기를 소박한, 감수성 넘치는 젊은 인식에게는 조사라는 역할보다 오히려 쫓겨 가는 화전민과 함께 울겠다는, 어쩌면 다소 감상적인 생각이 너무 앞섰는지도 모른다. 어떤 면에서는 이처럼 가장 황폐한 고향의 품에 돌아와, 뭔가 알 수 없는 자연의 위용에 약한 마음을 질타당하고 채찍질당하기를 원했는지도 모른다. 경성에서 동쪽으로 삼십 리, 합승버스로 준령과 협곡을 넘어 이 오지까지 오면서 그는 자신의 가슴이 얼마나 고동쳤는지를 기억하고 있다. 불타버린 험산 하늘가에서 화전민들의 시커먼 오두막집을 바라보던 때는 자신의 가슴에서 붉은 피가 솟구쳐 그곳으로 튀는 듯한 고통을 느꼈다. 이 무슨 비참한 고향의 모습인가! 오히려 그것을 아는 것이 두려운 생각조차 들었다. 우리의 생활을 우선 알아야 한다고 외쳐온 그가 아니었던가.

하지만 지금처럼 비극적인 광경을 보게 되면, 결국 자기 자신까지 가여운 산민들의 무리 속으로 쫓겨 들어가는 것처럼 느껴졌다. 그는 그런 자신의 기분을 들여다 볼 여유가 없었다. 하지만 일종의 체념과도 통하는 감상이랄까, 그저 의욕을 잃고 극도의 가난에 허덕이는 화전민 사이로 들어가면 마음만이라도 가벼워질 거라고 생각했다. 그렇다고 정작 자신이 그들을 어떻게 할 수 있는 것도 아니었다. 실은 자신도 그중 한 사람이라고 생각했을 때 그제서야 자신이 구원받았다고 여겨졌던 것이다. 이것이 감상적 에고이즘인걸까, 인식은 눈시울을 적시며 생각했다.

이 마을을 떠나면 아직 갖추지 못한 자질구레한 것들을 살 수 없을 것 같아서, 인식은 저녁을 먹고 나서 코풀이 선생님이 찾아오기 전 어두운 거리로 내려갔다. 산마을은 날도 빨리 저물어 한여름인데도 불구하고 밤이 현저하게 추웠다. 작년부터 겨우 들어오게 되었다는 전등도 골목 점포에조차 그리 많이 켜져 있지 않았고, 대체로 점포 앞에 석유램프를 희미하게 밝혀두고 있었다. 길가 곳곳에 멍석을 깔고 모깃불을 피우면서 네다섯 명이 함께 잠을 자고 있었다. 검은 조선 개가 멍멍, 소란스럽게 짖어댔다. 이발소의 젊은 남자들이 두세 명 창가에 매달려 수상쩍다는 듯 그가 지나가는 것을 바라보았다. 그는 우선 어딘가 약방이 없는지 살피며 걸었다. 경성을 떠나기 전에 비상약이나 위장약, 키니네 (말라리아 치료의 특효약으로, 해열제, 건위제, 강장약 등으로 쓰임 - 옮긴이),

안약 따위는 일단 갖추었고, 의사인 선배로부터 여러 가지 주사약을 받아 나섰지만, 이 산골에 들어와 화전민에게 무엇보다도 필요한 것은 피부약이라는 걸 비로소 알게 되었기 때문이다.

그래서 겨우, 고약을 아주 조금 구한 후 양말과 수건 등을 사려고 뒷골목을 터벅터벅 걸어 돌아올 때였다. 아까부터 앞쪽 몇 군데서 소란스러운 여자들의 외침이 들리는가 싶어 지나가는 길에 살펴보니, 아닌 게 아니라 정말로 어스름이 내리는 어느 그을린 작은 초가집 앞에 대여섯 명 사람 그림자가 보였다. 안에서는 국그릇이라도 엎을 때 날 듯한 소리가 악다구니 쓰는 아낙네의 목소리와 함께 메아리쳤다. 곧이어 지저분한 차림의 아이가 도망치듯 사립문을 빠져나왔다.

"히히히." 하고 아이는 백치처럼 웃었다. 어둠 속에서 커다란 눈이 희번덕거렸다.

"엄마가 아버지를 때리고 있다니요."

"그래? 왜서 그런 거이?"

모두들 다가가 물었다.

"몰라, 히히히. 들어가 보면 알 거 아니우. 들어오우, 들어와."

아이는 앞서 손짓을 하며 다시 안으로 들어갔다. 두세 명의 남자가 겁을 먹은 듯이 머뭇머뭇 사립문 안으로 따라 들어갔다.

집 안에는 살기 가득한 금속성 목소리가 울려 퍼지고 있었다.

두 번 세 번 망설이다 내뱉는 듯한 옛 스승의 코맹맹이 소리도 들려왔다. 그런데 그와 동시에 아까 들어갔던 사람들이 서둘러 허둥지둥 뛰쳐나왔다. 그 뒤를 살찐 부인 하나가 미친 것처럼 키가 큰 코풀이 선생을 쫓아내며 나오는 것이었다. 선생은 쓰러질 듯 비명을 올렸다.

"나가! 어, 이 영감탱이야, 나가라구! 이 미친노므, 똥가튼 늘그니!"

"무슨 짓을 하는 거야, 무슨 짓을 하는 거냐고!"

옛 스승은 자신을 두들겨 패는 팔을 열심히 피하며 신음했다. 살찐 부인은 산발을 하고 어떻게 하면 가슴이 후련해질까만을 생각하는 사람처럼 코풀이 선생의 등을 후려치며 목덜미를 할퀴거나 허리띠를 잡고 깨물었다. 옛 스승은 결국 끽 소리도 내지 못한 채 비틀거렸다. 그의 고개는 좌우로 휘청거렸다. 결국 사람들이 달려들어 두 사람을 떼어놓았다. 하지만 부인은 아직 분이 안 풀렸는지, 계속해서 선생에게 덤벼들려고 하면서 한바탕 연설을 늘어놓았다. 인식은 서둘러 그 자리를 벗어났고, 관사 쪽으로 향하는 오솔길에서 부인의 말을 슬쩍 들었다.

"여봐요, 사람들이요, 마커(모두) 내마르 들어보우야. 저 엥감탱이가 내 항개 뿐인 하엔(하얀) 치매(치마)에까정 먹물을 튕겠다니요. 저 양탕머리 쏙 들러빠진 영감, 하엔 비단 치매 항 개라도 사줬으면 말을 안 하제. 돈이라도 냉겨 가지고 오면 어데 덧나는지. 맨날 날으 꼴딱 새고 기 들어오는 주제에 술이 당키나 하우! 머어, 잔체(잔치)라고? 당장 낼 떼꺼리(끼니)도 없는 주제에 코댕가리 가치 몬느므 잔체요! 내 하엔 치매 우트 할꺼나고? 우트 할끄나니까? 비러머글 군청놈들, 즈 집 오슨(옷은) 애끼노미(아끼면서) 나므 치매(남의 치마)는 말이 되우야… 내거 부애가 치밀어 살수가 엄싸요."

"인제 고만하잖소!, 고만하잖소!"

사람들이 말려 보았지만, 이번에는 부인도 작정을 했는지 아이고, 아이고, 하는 곡소리가 들려왔다. 뭐라 말할 수 없는 슬픔 속에 터벅터벅 걷고 있자니 갑자기 인기척이 느껴져 인식은 뒤를 돌아보았다. 그의 옛 스승이 후우후우, 거칠게 숨을 몰아쉬며 도망치듯 자신의 뒤를 따라오는 것이었다. 이렇게 해서 결국 몇 분간 두 사람은 나란히 터덜터덜 길을 재촉했는데, 갑자기 코풀이 선생이 그를 알아보았는지 급히 멈춰 섰고, 그야말로 일 년에 한두 번 뿐일 것 같은 진심으로 기뻐하는 목소리로,

"박 군 아닌가!"

라며 웃음을 띤 채 다가왔다. 바로 조금 전에 있었던 꺼림칙하고 부끄러운 사건을 인식이 알 리 없다고 생각하는 것일까? 아니면 자기 자신도 그 사건을 완전히 잊어버린 것일까?

"아, 선생님이십니까?"

인식은 당혹한 기색을 감추고 아무렇지 않다는 듯 그렇게 중얼거렸다.

"내가 지금 막……."

하고 말을 걸면서 선생은 코를 손수건으로 닦았다. 소매가 형편없이 찢어져 있었다.

"관사로 자네를 찾아가는 길이네."

"그 뒤로 별일 없으셨습니까?"

이번엔 오히려 침통한 기분이 되어 인식이 말했다.

"학교 때는 제가 정말 너무 멋대로 굴었습니다."

"아닐세. 나는 그런 옛날 일은 다 잊었네. 그런데 도쿄 대학에 다니신다고?"

"예."

"정말 잘된 일일세. 여러분이 학교에서 쫓겨났을 때는 전도유망한 젊은이들이 앞으로 어떻게 될지 걱정이었다네."

어느 사이엔가 그들은 오솔길을 따라 난 덤불 숲 위를 조용히 걷고 있었다. 맑고 차가운 물이 여울지며 졸졸 소리 내어 흐르고 있었다. 먼 산 쪽에 숨어 있던 달이 이윽고 얼굴을 내밀자 황금색으로 빛나는 달빛이 흐르는 물속에 잠겨 들어 수면을 건너는 산들바람에 몸을 떨었다.

"선생님이야말로 정말 저희들 때문에……."

인식은 마음 깊은 곳에서부터 우러나는 연민을 누르지 못하고 말했다. 이렇게 둘이서 발길 닿는 대로 걷고 있자니 코풀이 선생이 견딜 수 없이 불쌍했다.

"정말 죄송하게 됐습니다……."

"무슨 소릴! 왜 그런 말을 하시는가? 나라고 좋아서 하던 일은 아니라네."

그는 마치 학생들과 함께 동맹휴교라도 했던 것 같은 말투로, 계속해서 코를 훌쩍훌쩍 하면서 중얼거렸다.

"……전공이 뭔가?"

"……의과입니다."

대답을 하면서, 인식은 아무 생각 없이 노스승의 얼굴을 올려보았다. 희미한 달빛을 받아 그의 약간 벗겨진 이마가 반짝이는 것 같았고, 혈색이라고는 더 이상 남아 있지 않은 양 볼은 검게 그늘져 그림자가 패여 있었으며, 그전부터도 맑지 않던 눈은 한층 더 탁해져 있었다. 코는 이상하게 칙칙한 색으로 빛나고 있었다.

"아하, 자네가, … 이거 정말 잘됐네!"

그는 얼굴을 들어 반짝이는 콧물을 손수건으로 닦았다.

"자네는 분명히 정치학과나 법학과나 그런 데 갈 줄 알았는데… 법과는 고문(高文. 고등문관시험 - 옮긴이)을 봐야하지. 뭐든 자격이라는 게 필요하니 말이네."

"……."

"군수님도 자격 없이 자리에 올라서 여러 가지로 안 된 일이 있다네… 군수님도 내 제자였지."

"네, 중학교 때라고 들었습니다."

"그렇지, 군수님은 그래도 정말 명관이시지."

선생은 그렇게 말하면서 인식의 안색을 살피는 듯 비굴한 눈빛으로 그의 얼굴을 보았다. 듣기조차 괴로워서 인식은 얼굴을 돌렸다.

이제 그림처럼 동그란 달은 완전히 산봉우리를 벗어나 소리도 없이 빛을 쏟아내고, 아름다운 수증기가 달빛을 받아 반짝이는 곳에 조용히 이슬이 내려 무성한 풀섶을 흠뻑 적셨다. 한 발짝 내디딜 때마다 구두는 소리를 내며 쓸쓸하게 젖었고, 어디선가 방울벌레 우는 소리가 찌르르 찌르르 힘없는 박자로 들려왔다. 멀리서 어렴풋이 들리던 부인의 곡성도 이제는 들리지 않았다. 옛 스승도 뭔가 깊은 생각에 잠겨 있는지, 코도 훌쩍거리지 않은 채 한참을 침묵했다. 그는 부드러운 은색 달빛이 녹아든 시냇물을 물끄러미 바라볼 뿐이었다.

"자네를 만나니, 오늘 밤엔 학교에 있을 때 가르치던 달노래가 생각나네. 4학년 교과서에 있었지('달아 달아 밝은 달아, 이 태백이 놀던 날아'로 시작하는 바로 그 노래. 당시 조선어 독본 4학년 교과서에 실제로 실려 있었다 - 옮긴이). 좋은 노래였어."

"네, 그랬습니다⋯⋯."

인식도 문득 옛 생각에 젖어 마음이 편안해졌지만

"선생님."

하고 말문을 열었다.

"여기서 헤어져야 할 것 같습니다. 저는 내일 아침 일찍 출발이라서⋯⋯."

"어디로 가시는가?"

코풀이 선생은 인식의 얼굴을 의아한 눈으로 바라보았다. 그 눈에는 젊은 제자에 대한 안타까운 애정의 빛이 담겨 있었다.

"네, 군 경계를 넘어 H군(郡) 양부산 쪽으로 가려고 합니다⋯⋯."

"그거 참 고생하겠네⋯⋯. 길도 없는 험한 곳인데."

"아닙니다, 산에 오르는 걸 좋아합니다."

"역시 젊은이는 다르구만. 자네도 브나로드 운동(농촌 계몽 운동 - 옮긴이)을 하는 겐가? 무엇보다 몸을 조심하게나."

코풀이 선생은 진심으로 말했다.

"그럼 관사까지만이라도 함께 걸을까? 나도 마침 군수님에게 드릴 업무 이야기가 있다네."

두 사람은 다시 입을 다문 채 걸었다.

"언제 다시 만날 수 있으려나……."

옛 스승은 슬픈 듯 멈추어 서서 중얼거렸다.

곧 관사 앞에 도착하여 문을 열고 들어가니 창을 열어둔 밝은 객실 한가운데 욕실 가운을 입은 작은아버지가 등나무로 만든 의자에 몸을 잔뜩 뒤로 젖힌 채, 불룩 튀어나온 커다란 배에 부채 바람을 보내고 있었다. 코풀이 선생은 현관으로 들어가려 하지 않고 창 쪽으로 가서는 작은아버지 쪽을 향해 정중히 허리를 굽혔다. 군수는 전혀 눈치채지 못했는지 정말 조금도 몸을 일으킬 기색이 보이지 않았다. 인식은 더이상 견디기가 힘들었다. 옛 제자인 군수 앞에 선 늙은 스승의 비참한 모습이 잔인하게 느껴져서, 서둘러 현관으로 들어갔다. 하지만 객실 뒤쪽 복도를 지나갈 때,

"인소쿠!(인식을 일본어식으로 부른 것 - 옮긴이)"

작은 아버지가 변함없이 이상한 일본어로 자신을 부르는 소리에

"네."

하고 멈췄다.

"들어오너라."

인식은 문을 열고 들어갔다.

"너 정말 내일 가는 것이냐?"

"네. 내일 출발할 생각입니다."

눈을 돌려 바라보니 코풀이 선생은 창밖에서 창에 기대 선 채 이쪽을 바라보고 있었다. 아마도 이 옛 스승이 그가 떠난다는 사실을 군수에게 말했을 것이다.

"그렇구나. 그럼 H군이나 F군 쪽으로 가는 게 좋을 거다. 실제로 우리 군에는 화전민들이 조금밖에 없거든. 그러니까, 내 정책이 좋아서 거의 모두 평지로 내려와 농민이 된 거지. 여기 이 선생님도 잘 알지. 그렇지 않은가?"

코풀이 선생은 순간적으로 당황한 듯 빙긋 웃으며 긍정하더니, "전에 계시던 군수님 때랑 비교하면 화전민이 5분의 1도 안 된다는 얘기죠, 예."

선생님은 너무나 이상한 일본어로 따라 하듯 나지막하게 중얼거렸다.

"화전민을 찾는다면 다른 군으로 가는 게 좋겠죠. 그래서 인식 군이 H군에 있는 양부산으로 간다는 것일 테고요."

"거기가 낫지. 거기는 관청에서도 공식적으로 화전민이 살아도 좋다고 허가한 지역이니까."

군수는 목구멍에서 그릉그릉 신음하던 가래를 밖으로 토해내려고 코풀이 선생의 머리 쪽으로 몸을 내미는가 싶더니 "이거 큰일이군!" 하고 외쳤다. "아, 산불이다, 산불!"

인식도 놀라서 창가로 달려갔다. 동쪽 먼 산악지대 위에 붉은 저녁놀 같은 연기가 자욱했다. 옆으로 길게 뻗친 비늘구름이 마치 불타는 듯했고, 그 위로 이상하도록 붉게 달아오른 달이 둥실 떠올랐다.

"이런 제길, 제기랄!"

작은아버지는 이를 갈며 신음했다.

"아직 저런 곳에 화전민 녀석들이 숨어 있었다니!"

"분명히 저건, H군 쪽이 틀림없어요."

코풀이 선생은 안절부절 못하고 중얼거렸다. 어찌해야 좋을지 모르고 갈팡질팡 하더니 네다섯 걸음 앞으로 달려 나갔다.

"이봐, 선생!"

군수는 서둘러 큰 소리로 그를 불러 세웠다.

"아니, 교화 주임. 빨리 모두 군청에 모이도록 준비를 해 줘. 산림감시반을 빨리 집합시켜!"

"예, 예."

몇 번이나 허리를 굽히며 코풀이 선생은 어둠 속으로 사라졌다.

그 뒤를 따라 작은아버지도 허둥지둥 방을 뛰쳐나갔다. 인식은 창가에 기댄 채 격렬히 고동치는 가슴을 느끼며 점점 더 활활 타오르는 불꽃을 바라보았다. 들가에는 안개가 끼어 있고 그 아래 산들이 바다처럼 가라앉아 있을 테지. 오직 동쪽 산 정상의 능

168

선 언저리만 화르륵 발그스름하게 불타고, 때때로 타닥타닥 숲이 타들어 가는 소리가 났다. 바람에 날려 그런 것인지, 금방이라도 우르릉 소리를 내며 달려들 듯, 굳어진 하늘빛은 번개처럼 창백해 보이기도 했다. 달은 연기에 가려져 이미 빛을 잃었고, 흉조를 암시하듯 창연히 걸려 있었다. 그러는 동안 주변도 소란스러워졌다. 사람들이 언덕 위쪽으로 이 처참한 광경을 구경하러 온 것이다. 산속으로, 산속으로 모여들 뿐인 화전민들은 곧잘 바람 없는 대낮에 경작지를 얻기 위해 산에 불을 지른다. 하지만 돌연히 바람이 불어 산불이 계속되면 또 이렇게 관청에까지 알려지게 되는 것이다. 이곳 산민들에게는 그런 산불이 무엇보다 아름다운, 저주받은 구경거리임에 틀림없었다.

"자알도 탄다니!"

"지대루 큰 불이라니! 저 정도믄 며칠 밤낮을 갈지 알 수 없우야."

저마다 외치는 소리가 들려왔다.

"저긴 H군이 틀림엄써, 분명 H군이라니."

"그래, 내일은 저쪽 모퉁이를 향해 가보자."

인식은 혼자서 중얼거렸다.

"저곳을 통과해서 양부산으로 가는 거다."

이튿날 아침 일찍 일어나 바라보니, 지난밤 연기가 피어오르던 동쪽 방향 산줄기 위에는 모락모락 안개처럼 보이는 하얀 연기가 희미하고 길게 하늘로 빨려 올라가듯 피어오르고 있었다. 이제 점점 바람도 멎고 불도 꺼져가는 것일까? 하지만 그는 여행 준비를 마치자 일단 타고 갈 수 있는 데까지는 승합차로 가기로 마음먹고 하루에 한 번 온다는 버스 시간에 늦을세라 서둘러 나섰다.

　그날은 마침 장이 서는 날이어서 이미 길 양쪽에는 천막이 삐라를 뿌린 듯이 펼쳐져 있고, 잡화나 옷감이나 보리, 밤, 그리고 건어물, 다시마 등이 그 아래 늘어섰다. 머릿수건을 쓴 시커먼 사내들이 큰 소리로 위세를 떨치고 있었다. 그 천막 사이를 산마을 사람들이나 깊은 산 속에서 외출한 남자들이 왁자지껄 번잡스레 지나갔다.

　인식은 이 극히 볼품없는 시장 안을 누비면서 서둘러 지나갔다. 아낙 두세 명이 천막 아래 웅크리고 앉아 머리빗을 추리거나 천 조각을 구경하는가 하면, 또 어떤 곳에서는 노파가 파는 밤떡을 사 먹는 남자도 있었다. 그때 갑자기 사람들 사이에서 어제처럼 등에 먹으로 표시를 한 사람들이 있는 것을 보고 깜짝 놀랐다. 표시는 지금 막 묻힌 것처럼 축축하고 생생했다. 또 한구석에서는 새하얀 저고리를 입은 부인 두셋이, 서로의 등을 보면서 원망스럽다는 듯 뭐라고 중얼거리고 있었다. 이건 아니다 싶어 이쪽저

쪽을 살피다 거의 시장을 빠져나올 무렵, 건너편 광장에서 승합차가 갑자기 빵빵 경적을 울리는 소리가 들렸다. 당장이라도 발차할 것 같아 그는 서둘러 그쪽을 향해 달렸다.

차는 낡고 작았지만 예상했던 대로 사람이 적어서 쉽게 탈 수 있었다. 그는 가솔린 연기와 냄새 속에서 웃옷을 벗고 손수건으로 목덜미의 땀을 닦으며 무심코 창밖으로 시선을 두었다. 그런데 그 다음 순간 그의 눈은 얼어붙은 듯 고정되었다. 거기서 얼마 떨어지지 않은 시장 입구 포플러나무 아래, 군청 직원 두세 명과 함께 먹 그릇과 붓을 든 채 서 있는 비실비실 키가 큰 코풀이 선생을 발견했던 것이다. 그 뒤에는 숙부와 내무 주임이 부채질을 해 가며 벙글벙글 유쾌한 듯 지휘를 하고 있었다. 젊은 장정들이 아무것도 모른 채 시장으로 들어가는 사내들과 아낙네들을 붙잡아 오면, 코풀이 선생은 그 꼬지지한 옷에 먹물로 표시를 했다. 다들 깔깔거리며 웃어댔다. 하지만 코풀이 선생은 얼굴에 맺힌 땀과 콧물을 열심히 닦을 뿐이었고, 등에 먹을 묻힌 사람들 역시 땀을 손으로 훔치면서 사라져갈 뿐이었다. 한 아낙이 손을 내저으며 비명을 질렀다. 그러자 군수를 위시한 남자들은 점점 더 재미있다는 듯 소리 내어 웃었다.

인식은 조용히 눈을 감은 채 부들부들 떨리는 마음을 가라앉히려 했지만, 부글부글 끓어오르는 가슴의 분노를 억누를 길 없었다. 차가 움직이기 시작했을 때 그는 결국 아이처럼 양손에 얼굴을 묻은 채로 한동안 움직이지 못했다.

인식은 종점 산간에서 하차해, 조운령이라는 산을 넘어 드디어 H군의 경계로 들어가게 되었다. 연기가 올라가는 방향을 향해 가고 있었으나 앞쪽에는 큰 산들이 병풍처럼 앞을 가로막아서 연기도 분명하게 보이지 않았고, 다만 조운령 위에 걸린 흰구름이 용솟음치고 있을 뿐이었다. 깎아지른 듯한 절벽 위를 오르면서 내려다보니 산허리에서 정상까지 화전민의 손에 의해 불에 탄 검은 산들이 맞물리며 붉은 소나무와 낙엽송, 상수리나무 숲이 휘청휘청 출렁였다. 아래로는 한강 백 리의 검푸른 물줄기가 달아나듯 하얀 비말을 만들며 흐르고 있었다.

산속 깊이 들어감에 따라 바람은 차고 햇볕은 엷어져 갔다. 게다가 산도 점점 가팔라지며 만신창이라고 할 만큼 벌거숭이가 되었고, 버려진 화전이 고약을 바른 상처처럼 구석구석 검게 그을려 착 달라붙어 있었다. 협곡을 벗어나 마주한 산벼랑 위에는 누군가가 살고 있는지, 귀리밭의 누런 물결이 바람에 일렁이는 것이 보였다. 그 한쪽에는 작은 오두막이 죽은 새의 해골처럼 걸려 있었다.

깊어가는 산속을 몇 시간이나 걸어간 끝에, 이윽고 자그마한

산주름 사이에 있는 오두막 한 채를 발견했다. 오두막은 숨바꼭질하듯 바닥에 들러붙어 있고, 뒤에는 적송 두세 그루가 서 있었다. 그 끝자락 쪽에는 놀랍게도 화전이 일구어져 있고 그 화전을 드물게도 푸른 것들이 덮고 있었다. 지금이라도 날아갈 것 같은 오두막 안은 텅 비었는지 사람을 불러도 대답이 없었다. 토방을 엿보니 옹기와 지저분한 사발이 몇 개 나뒹굴고, 작은 아궁이 옆에는 지게가 하나 놓여 있었다. 어스름한 방 안을 엿보았지만, 거기에도 역시 가재도구랄 것 하나가 없었다. 뭔가 쉰 듯한 냄새 속에서 파리가 붕붕 소리를 내며 날고 토벽에는 먹으로 쓴 수상한 부적이 더덕더덕 붙어 있었다. 이상한 기분이 들어 그것을 바라보자니, 갑자기 방 안에서 아이들의 날카로운 울음소리가 들려왔다. 인식은 멈칫하여 그 자리에 선 채 움직이지 못했다. 들여다보니 어두운 방구석에 어린아이 둘의 그림자가 벽에 딱 붙은 채로 두려움에 떨며 울고 있었다.

"아이쿠, 얘들아, 거기 있었구나?"

그는 숨이 멎을 것 같았지만 입을 열었다.

"나 이상한 사람 아니야. 아버지 어머니는 어디 가셨니?"

어린아이들은 나오기는커녕, 결국엔 불이라도 붙은 듯이 울어댔다. 부모는 멀리에서 그가 찾아오는 것을 보고는 분명히 삼림감수원이라 생각하고 아이들을 남겨둔 채 어디론가 황급히 달아나 숨은 것이 틀림없었다.

"나는 하나도 무서운 사람 아니야."

인식은 허리를 구부리고 배낭을 어깨에서 내렸다.

"애들아, 이리 나와 봐. 울지 않아도 괜찮아."

하지만 배낭에서 사탕 꾸러미를 꺼내려 하는 그의 손은 생각과는 달리 심하게 떨렸다. 그래, 좋은 거 줄게, 라는 소리가 이어져 나오지를 않는 것이었다. 이런 산 속의 아이들에게는 장난감을 주어도 놀 줄을 모르고, 또 과자를 주어도 먹는 것인지 모른다는 이야기를 들은 게 생각났다. 아이들은 점점 더 겁에 질려 구석으로 구석으로 깊이 들어가 서로 끌어안은 채 엉덩방아를 찧었다. 갑자기 울음소리가 멈추었나 싶어 돌아보니 두 아이가 쥐처럼 살금살금 토방을 빠져나가, 다시 또 '으앙'하고 울면서 바깥으로 모습을 드러내고는 도망쳤다. 인식은 자기도 모르게 그 자리에 털썩 주저앉아 버렸다. 등줄기가 흠뻑 땀에 젖은 걸 느꼈다. 미동도 할 수 없었다. 아이들은 둘 다 상의를 벗은 채였고 발 역시 맨발이었다. 큰 아이는 여자아이 같았는데, 까치집 같은 머리를 해가지고는 동생의 손을 꼭 잡고 달렸다. 남자아이가 넘어지려고 하면 누나는 동생을 앞으로 껴안는 모양새로 다시 바위 위를 달리는 것이었다. 세찬 산바람이 불어와 아이들의 비틀걸음을 떠밀고, 태양이 머리를 비추어 새까만 상반신이 구리처럼 반짝였다.

"엄마, 엄마!"

작은 남자아이는 마구 울어댔다. 그 소리에 놀랐는지 부근의 바위 그늘에서 커다란 매가 한 마리 날아올랐다.

인식은 어쩔 수 없이 입을 다물고 일어서서 배낭을 등에 지고 반대 방향으로 산을 올라갔다. 그에게는 조금 전의 일이 너무나 강렬해서 뭔가에 자신이 끌려가는 기분이 들었다. 여긴 아무래도 자신이 올 만한 곳이 아니다. 정말이지 어째서 이런 여행을 나선 것인지 스스로에게 묻고 싶을 정도였다. 이거야말로 자신의 감상벽을 적당히 채우기 위한 여행이 아니었을까? 비참하다, 비참하다, 스스로 외치며 돌아다녔던 것이, 그것이 대체 이 사람들에게 어떤 도움이 되었다는 말인가? 그는 길도 없는 산속을 도망치듯 걸음을 재촉하면서 한없이 스스로를 질책했다.

이렇게 다시 산을 떠돌며 걷는 동안 오두막을 두세 채 발견했지만 전부 아무도 살지 않는 빈 집이었다. 화전민은 산에 불을 놓아 그 재를 비료로 삼아 산허리나 산 정상을 경작하고 감자나 콩, 귀리, 도토리 등을 먹으며 연명한다. 하지만 한 곳에 2, 3년 거주하면 땅이 황폐해지기 때문에 다시 그 오두막을 버리고 보다 깊은 산 속 처녀지를 향해 불을 붙이면서 들어간다. 방화는 쫓겨 들어가는 그들이 이 세상에 퍼붓는 일종의 저주일까? 군청에서는 자기 관할 내에서만큼은 화전민들을 살게 할 수 없다며 사방에서 화전민을 쫓아내기만 하기 때문에 그들은 어쩔 수 없이 점점 더 산속 깊이, 산속 깊이, 어쩌면 치번책(治蕃策)에 걸려든 오랑캐처럼 도망치는 것이었다.

이윽고 조운령 제일봉에 접어들었다. 조운령을 넘어 H군 쪽으로 내려가려 하는데 문득 오후 햇빛을 받아 건너편에 잘 경작된 화전 슬로프가 눈이 번쩍 뜨이도록 반짝이는 것이 보였다. 그는 깜짝 놀라, 거의 이끌리듯 그 방향으로 지팡이를 짚으며 길을 재촉했다. 바위 위에 서서 내려다보니 부채꼴로 펼쳐진 경사면이 정말 빈틈도 없이 일구어져 푸른 곡초(穀草)로 덮여 있었다. 먼 곳의 바위 그늘이나 작은 나무 아래 점점이 화전민의 오두막이 흩어져 있었고, 그 오두막들은 금빛 햇살을 받아 번쩍번쩍 빛나는 듯 보였다. 그는 이미 날이 저물었으니 차라리 이 마을에서 묵어야겠다고 생각하고 산을 내려가기 시작했다. 그때 멀리서 누군가가 큰 소리로 뭔가를 외치는 것을 들은 것 같아 급히 걸음을 멈추었다. 누군가 인식이 오는 것을 재빨리 발견하고 같은 부락 사람들에게 급히 알리려는 소리임이 틀림없었다. 갑자기 여기저기 오두막에서 두세 명의 남자와 여자가 기어 나왔고, 건너편 산비탈을 향해 도망치는 작은 그림자가 보였다.

인식은 표연히 걸음을 돌렸다. 역시 그만두는 게 낫겠다고 생각했던 것이다. 그래서 다시 산 위로 올라가려고 했을 때, 문득 저 멀리 동북쪽 몇 개의 산 너머에 저녁빛을 받으며 모락모락 피어오르는 거무스름한 연기가 아름답고 투명한 하늘을 휘저으며 누렇게 번져가는 광경을 목격했다. 아아, 저기구나, 거의 다 온 모양이다, 그는 무의식중에 기뻐 외쳤다. 그리고 마치 자신이 그곳을 가야만 하는 이유라도 있는 것처럼 서둘러 그 방향을 따라 내려가기 시작했다.

하지만 도중에 작은 끈 같은 길을 발견하고 그 길을 따라가다 깊은 소나무 숲에 이르자 얼마 지나지 않아 귀가 멍멍할 정도의 폭포 소리가 들려왔다. 암벽 위에 6층 탑이 날개를 펴고 서 있는 것이 보였다. 분명 사찰이라도 있는 게 틀림없다 싶어 폭포수 옆을 지나 어둑한 숲을 가르며 들어서자, 절이라기보다는 사당이라고 하는 쪽이 더 어울릴 듯한 작은 기와집이 나왔다. 극락전이라는 오래된 간판이 걸려 있었다. 저녁해가 이끼 낀 기와와 풀이 자란 처마 끝에서 빛나고, 쓸쓸한 그늘은 오래된 초석이 남아 있는 마당으로 떨어졌다.

스님을 부르니 번들번들하고 커다란 대머리를 한 노승이 장지문을 열고 눈을 꿈벅거리며 얼굴을 내밀었다. 인식은 날이 저물었으니 하룻밤 묵고 가게 해 달라고 말했다. 노인은 수상쩍은 듯이 아무 말도 하지 않고 빤히 인식을 위아래로 훑어보더니, 갑자기 몸을 움츠리고 안에 있는 자와 잠시 뭔가를 속닥속닥 의논하는 듯했다. 노인은 턱을 들어 올려 보이며 합장을 했다. 법당 앞을 지나면서 보니 목조 불상 하나가 어스름 속에 오도카니 앉아 있을 뿐 향불은 물론 염불 하나 들리지 않는 폐사(弊寺) 같았다.

음습한 방 안에는 노승 말고도 새하얀 옷을 입은 얼굴이 긴 삼십 대 남자가 웅크리고 앉아 옥수수 찐 것을 뜯고 있었다. 그는 몸을 일으켜 힐끗 인식을 노려보았다. 정말 사납고 무서울 정도로 희번덕거리는 눈이었다. 한구석에는 벼루가 놓여 있고 그 옆에는 방금 전 화전민의 집 벽에서 본 것과 같은 검은 글씨를 휘갈겨 쓴 기묘한 부적이 가득 포개져 있었다. 이 두 사람이 무지한 그들에게 이 부적을 팔아먹고 사는구나 싶었다. 순간 불안한 기분이 들어 얼굴을 찡그렸다.

두 사람은 경계하듯이 서로 눈짓을 주고받으며 인식을 향해 나직하게 이런저런 질문을 했다. 그리고 그가 그저 여행 중인 학생이라는 것을 확인하고서야 겨우 안심하는 듯했다.

남자는 자신의 이름을 아무개라고 소개하고 이 낡은 절에는 백일기도를 올리기 위해 왔다고 했다. 노승은 교활한 눈꼬리를 끌어올리면서, 이 사람은 아무개 선생의 수제자이며 이미 신선과 같은 분이므로 그를 믿으면 무병 무탈, 불로장생한다고 말했다.

그 순간 남자는 얼굴을 들어 번쩍하고 눈을 빛내며 노승을 쏘아봤다. 그러자 노승은 황망히 헤헤, 하고 침을 흘리며 웃다가 갑자기 놀라 당황한 듯 입을 다물어 버렸다. 인식은 무슨 이유에선지 등줄기에 찬물을 끼얹은 것처럼 오싹했다. 나중에 남자가 뭔가 볼일이 있다고 방을 나갔을 때, 노승은 인식에게 그 남자에 대해 좀 더 자세히 알려주고 싶은지 소매를 끌어당기며 목소리를 낮추어 말했다.

"저분은 말이우, 열흘 간 아무것도 안 먹어도 살 수 있다우."

그때 갑자기 남은 햇빛마저 뻗었던 발을 거두어들이며 사라지자 방 안이 캄캄해졌다. 어디선가 뻐꾸기가 울었다.

그날 밤은 이상하게 바람이 잠잠했다. 맑은 달빛은 사뿐히 방 안으로 흘러들었다. 인식의 마음속은 그저 어둡고 커다란 구멍이 뚫린 것처럼 감정도 감각도 없이 기력이 다해 피곤함과 공허함 속을 떠도는 것 같았다. 육체적인 피로도 극심했다. 인식은 그냥 한구석에 웅크리고 앉아 노승이 가져다준 냉수만 몇 차례 마셨다. 두 사람은 어스름 밝은 행등 아래 희귀한 맛이 나는 식빵을 굶은 사람마냥 우적우적 집어삼키고 있었다.

"당신들은,"

하고 인식이 기분 나쁜 듯이 물었다.

"그런 수행을 해서 어떻게 할 생각입니까?"

남자는 잠깐 돌아보면서 낄낄낄 웃었다.

"가여운 창생들을 구원하는 것이지요."

"창생을?"

"그렇지요. 가까운 시일 안에 물의 심판이 있는데, 우리의 대 선생님의 가르침을 믿으면 세상 중생이 모두 물에 빠져 죽어도 우리만은 금강산 피수궁(避水宮)에 인도되어 산신이 됩니다. 불의 심판도 결국은 오지요."

"헤헤헤, 증말, 증말 그렇다우."

노승은 추종하듯 남자 쪽으로 눈웃음을 던졌다.

"그르니까 이 근처 산 사람들은 말이우, 이 냥반을 신선으로 모시우. 기도로 병든 사람을 구해주구, 고맙게도 열심히 믿는 신자한테는 앞으로 먹지 않아도 살 수 있는 비법도 가르쳐 주구……, 헤헤헤, 증말, 증말루……"

인식은 이런 산간에는 여러 가지 사이비 종교가 들어와 무지한 산민들의 비참한 생활에 빌붙어 먹으며 산다는 것을 알고 있었다. 이 패거리도 분명 그런 부류임이 틀림없구나 생각한 순간, 인식의 얼굴은 불쾌함으로 굳어져 가만히 남자 쪽을 응시했다. 남자는 당황한 듯 급히 얼굴색을 바꾸고 다시 기묘한 목소리를 내며 낄낄거렸다.

"우리들, 흰옷을 입는 조선 동포는 아무래도 정감록에 의지하지 않으면 구원받을 수 없죠. 정감록에는 분명하게 백의동포의 나아갈 길과 운명이 예언되어 있습니다."

"정감록?"

"낄낄낄, 어려울 건 없수. 흰옷을 입고 ×××××××××하고 외우면 그걸로 구원받을 수 있다고 분명히 정감록에 쓰여 있으니까 말이우, 낄낄낄……."

산간으로 쫓겨난 사람들은 뭔가 하늘에서 내려준 기적이라도 일어날 것을 바란 나머지, 언젠가는 행복의 나라로 인도해 줄 거라는 믿음으로 몸을 호랑이에게 맡긴 것이다. 그런 생각이 들자 인식은 가슴이 꽉 조여드는 느낌이 들어서, 그저 이런 두려운 현실로부터 눈을 감고 싶다는 생각만 들었다. 이들은 조선인은 흰옷을 벗어서는 구원받을 수 없다는 교리를 말하는 것인지도 모른다. 문득 그의 눈앞에 이와는 대조적으로 시장 입구 포플러 나무 아래 서 있던 작은아버지와 코풀이 선생의 모습이 어른거렸다.

그 사이에 남자와 노승은 누워서 코를 드릉드릉 골기 시작했지만, 인식은 아무래도 쉽게 잠들 수가 없었다. 몸을 뒤척이며 밀려오는 상념에 신음했다.

공중의 새를 보라, 뿌리지도 거두지도 않고 창고에 모아들이지도 아니하되 너희 하늘 아버지께서 기르시나니 너희는 이것들보

다 귀하지 아니한가.(마태복음 6장 26절)

들의 백합화가 어떻게 자라는가 생각해 보라, 수고도 아니하고 길쌈도 아니하느니라.(마태복음 6장 28절)

하물며 너희들에게 있어서랴. 하지만 이곳에는 수고하고 씨뿌리려 하나 땅이 없고, 거두려 하나 거둘 것이 없고, 먹으려 하나 먹을 것이 없는, 공중을 나는 새보다도 '오늘 있다가 내일 아궁이에 던져지는 들풀(마태복음 6장 30절 구절 중 일부)'보다도 못한 백성이 있다. 그리고 그들의 생명은 무도한 자들의 손에 맡겨져 있고 그 생활조차 끊임없이 위협 당한다.

무서운 악몽이 그를 덮쳤다. 자신은 또 이 무슨 우스꽝스러운 존재란 말인가? 인식은 코풀이 선생과 함께 자신이 산의 화전민들에게 습격당할 판이 되어 정신없이 도망치는 꿈에 시달리거나, 무서운 산 사람들에게 잡혀 가진 것과 입은 옷을 빼앗기고 까마득한 폭포 위에서 천길 아래로 떨어지는 꿈을 꾸었다. 그는 공포에 눌려 버둥버둥 몸부림치다 결국 물보라가 덮치는 순간 '악' 하고 비명을 질렀다. 자기 목소리에 놀라 한밤중에 눈을 떠 보니 아까 그 두 사람의 모습은 이미 보이지 않았다.

이상할 정도로 조용한 밤이었다. 달빛이 가득 넘칠 듯 쏟아져 들어와 방 안은 밝았다. 무슨 일인가 하며 일어난 순간, 마당 저쪽에서 사람들이 무언가를 합창하는 듯한 소리가 들렸다. 그는 그곳에서 주변을 꺼림칙한 듯 한번 둘러보고, 몸을 내밀어 장지문 창호지 구멍을 통해 밖을 내다보았다.

어슴푸레 푸른빛이 도는 엷은 달빛이 파도치며 흐르는 마당에는, 몇 십 명이나 되는 사내들과 아낙들의 검은 그림자가 마치 쌀가마니처럼 웅크린 채 중얼중얼 주문을 외우고 있었다. 법당의 툇마루 끝에는 아까 본 남자가 옆에 앉은 노승을 시중들며 정좌하고, 감회가 극에 달한 듯 요상스런 박자로 교리를 설파하고 있었다. 그 옆에는 사내들과 아낙들이 바친 것으로 보이는 산에서 재배한 곡식 주머니가 쌓여 있었다. 인식은 자신이 아직, 아까부터 꾸던 악몽에 계속 사로잡혀 있는 것이 아닌지 다시 한번 의심해 보았다. 훌쩍훌쩍 아낙네들 우는 소리가 들린다. 달빛은 몸을 떨며 더러운 옷을 입은 그들의 모습을 비바람에 뼈만 남은 해골처럼 부각시킨다. 끙끙, 신음하는 남자도 있다. 인식은 찡하니 전신이 저려 왔다. 그것은 어제 회당에서 작은아버지와 코풀이 선생을 대했을 때와는 다른 종류의 놀라움과 슬픔 때문이었다. 마당 끝 한구석 촉촉하게 젖은 덤불 속에 흰 백합이 몇 송이 고개를 숙이고 있었다. 이슬 맺힌 꽃잎은 달빛에 흔들리며 바람이 부는 대로 반짝반짝 빛난다. 바람에 흔들릴 때마다 흰 백합들은 서로가 어떤 슬픔을 이야기하듯 고개를 끄덕인다.

마루 끝에 앉은 남자는 다시 뭐라고 위엄 어린 목소리로 외치기 시작했다. 뒷짐을 지고 가슴을 편 채 웅변을 하지 않는 대신 양손을 합장하고 눈을 감은 채 중얼거리며 무언가를 너무나도 저주하듯 주문을 외워댔다. 그 옆에 기다리고 있던 노승은 손수건으로 코를 닦는 대신 몇 번이나 몇 번이나, 손으로 대머리를 만지작만지작 했다.

그때 갑자기 강한 바람이 불어와서 그가 엿보던 창문이 열렸다. 그는 약간 움찔하며, 놀라기라도 한듯 건너편 산 쪽 어제보다 더 넓어진 연기가 빠알갛게 타오르는 것을 보았다. 역시 지난 밤부터 계속 된 화마는, 점점 더 커지고 있는 게 분명했다. 연기도 하늘을 태울 듯한 기세로 무럭무럭 피어오르고 있었다.

"잘 탄다, 전부 태워 버려라…"

인식은 미친 사람처럼 눈을 번뜩이며 혼잣말을 외쳤다.

"그래, 전부 연기가 되어라…"

기도 모임은 달빛이 사라질 때까지 계속되었다. 하지만 기도가 끝나고 남자와 노승이 방으로 돌아왔을 땐 인식은 이미 짐을 챙겨 어딘가로 사라진 뒤였다. 그는 새벽이 오자마자 또 다시 도망치듯 그곳을 떠났던 것이다.

이 기록 역시 슬픔이 많은 청춘시대 일기의 한 페이지다. 그 후 세월은 이미 3, 4년이 지나, 인식은 대학을 졸업하자마자 경성에서 서쪽으로 멀리 떨어진 촌구석에 조그맣게 의원 간판을 걸고 청년의사로 일하고 있다. 수많은 청년이 귀농하여 농사를 짓듯이, 그 또한 자신에게 주어진 천직을 살려 자기 삶에 충실함과 동시에 혜택받지 못하는 사람들에게도 조금이나마 봉사할 수 있다고 믿었기 때문이다. 그 사이에 그의 작은아버지나 코풀이 선생님에게도 커다란 운명의 변화가 있었다. 작은아버지는 다른 군으로 영전되었지만, 점점 늘어만 가는 부채에 쫓겨 결국 어떤 어리석은 뇌물수수 사건에 연루되어 면직되었고, 고향으로 돌아가서는 토지 브로커가 되었다. 하지만 지금도 코풀이 선생의 소식은 좀처럼 들리지 않는다. 언젠가 작은아버지가 그의 집에 땅 이야기를 하러 들렀을 때, 옛 스승에 대해 물었다. 작은아버지도 지금은 자신의 언어를 완전히 조선어로 바꾸었고, 코풀이 선생은 인식과 만난 해 가을, 산으로 '색의 장려'차 출장을 나갔다가 돌아오지 않았다고 절절히 이야기하는 것이었다. 어쩌면 산속에서 큰비를 만나, 물결에 휩쓸렸는지도 모르는 일이다.

그러고 나서 얼마 지나지 않은 어느 날, 인식은 경성에서 배달된 잡지에서 지금까지 그 유례를 찾을 수 없을 정도로 잔악하다는 백백교의 공판기록을 읽으며 온몸이 오싹해지는 한기를 느꼈다. 마교의 간부들이 가여운 백성이나 산민들을 속이고, 피땀 흘려 모은 재산과 양식을 빼앗을 뿐 아니라 그 처와 딸들까지 겁탈하고 결국에는 자신들을 따르지 않는 사람들을 314명이나 살해했다는 내용이었다. 이런 전율할 만한 사건이 현재 자신이 살고 있는 조선에서 버젓이 일어났다는 이야기가 아닌가? 쇼와 12년(1937년. 중일 전쟁이 일어난 해 - 옮긴이) 이후 4년간 약 109회에 걸쳐 조선 전 지역에서 행해졌다는 이 무시무시한 살인이 어째서 지금까지 당국의 손에 발본색원되지 못했을까를 생각하며, 그는 암울해졌다. 하지만 읽어내려가는 동안 벼락을 맞은 것처럼 놀랐던 까닭은 무엇보다 이 마교의 살인현장 중 하나로 거론된 곳이 일찍이 그가 방문했던 그 폐사 부근 산골짜기라는 사실을 발견했기 때문이었다. 그 기록을 덮고 눈을 감으니 어쩔 수 없이 떠오르는 옛 생각이 있었다.

혹시 그 이상한 남자와 노승은 이 마교의 분소를 맡은 무서운 살인자가 아니었을까? 그리 생각하면 기록에 나오는 백백교의 교리와 남자에게 들은 말이 딱 맞아떨어지기도 했다. 달빛이 빈틈없이 쏟아지던 마당 앞에 웅크리고 있던 화전민들도, 어쩌면 그자들의 꼬임에 넘어가 모두 무참히 살해된 것일까? 인식은 자연히 눈가가 젖어 드는 것을 느꼈다. 그러다 갑자기 코풀이 선생이 생각나서 놀란 듯 다시 한번 공판기록을 끌어당겨 읽었다.

의심하기 시작하면 끝이 없는 법이다. 어쩌면 남자들에게 죽임을 당한 것은 아닌지, 문득 생각했다. 그렇게 억측을 하다 보니 영락없이 또 그럴 것만 같았다. 인식은 다시 잡지를 덮고 깊은 한숨을 쉬었다. 흰옷의 종교인 만큼 '색의 장려' 정책과 대립하지 않았을까? 가여운 코풀이 선생은 그 깊은 산 속 폐사로 출장을 나가 어떻게든 해서 화전민들을 모았을지도 모른다. 그리고 혼자 흥분하여 그 이상한 일본어로 떠들며 그걸 또 자랑스럽게 스스로 통역하다가 나중에 그 두 사람에게 들켜 죽임을 당한 것은 아닐까?

인식은 이런저런 생각으로 끝없는 슬픔에 젖었다.

노마만리

『노마만리』는 김사량이 타이항산 지구의 항일근거지로 떠나는 과정을 담은 탈출기로, 해방직후에 평양에서 발표되었다. 이 책에서는 그 도입부를 소개한다. 1955년 국립출판사에서 발간된 『김사량 선집』을 저본으로 하며 『金史良全集Ⅳ』(河出書房, 1973)을 참고하였다. 기존의 『노마만리』는 대부분 저본을 그대로 살렸다면, 이 책에 실린 『노마만리』는 현재의 한국어 독자가 이해하기 쉽도록 옮긴 글임을 밝혀둔다. 단 이해 가능하다고 판단되는 원문을 그대로 살려두었다.

노마만리

1. 복마전의 북경반점

　제국주의 일본의 금 면류관 위에 해가 저물어 가는 1945년 3월의 베이징.

　동양 사람으로는, 더구나 조선 사람의 신분으로는 발을 들여놓기조차 어렵다는 호사로운 '북경반점'이 마치 조선인 합숙소처럼 되어 있었다. 화중 화북의 여러 도시와 오지로부터 안전지대라고 찾아 몰려온 사람들로 들끓고 있는 것이다. 만약에 일본이 패전한다면 일본 제국주의와 운명을 같이해야 할, 호주머니에 피 묻은 돈이 수두룩한 사람들뿐이다.

그 중에는 미어지게 배가 부른 아편장수도 있고 칠피구두를 신고 삐거덕거리는 갈보장수도 있으며 혹은 화북권으로 교환하러 온 이른바 사업가 - 다시 말하면 송금브로커 - 그리고 대동아성 촉탁이니 군 촉탁, 총독부 촉탁이라는 명색 모를 사내, 이 밖에도 헌병대니 사령부의 밀정 등등 별의별 종류의 인간들이 다 들고 날치는 것이었다.

샹하이를 중심으로 악랄한 수완을 휘두르고 있다는 헌병대의 어떤 밀정은 새로 150만원인가 주고 사들인 자동차에 기생을 싣고 어디론가 드라이브 차 떠나며, 도쿄를 무대로 활약했다는 전 헌병보조원은 3층에 일본 계집을 데리고 살면서 4층에 새로 카페걸을 데려다 두고는 못 미더워 허덕허덕 오르내리고(이 사내는 해방이 되자 우리 의용군이 산하이관에서 체포하였다.) 쉬저우서 돌아온 잡곡장수는 소위 신여성을 첩으로 얻어 데리고 조용한 육국반점으로 옮아가며, 난징(남경)서 왔다는 무슨 회장인가는 급전직하로 떨어져가는 돈값을 걷잡을 길이 없어 시계니 보석이니 알지도 못하는 골동품을 사 들이기에 분주하며 그 외에도 돈을 뿌리며 요릿집으로 나가는 패거리, 도박차 밀려 나가는 패거리들이 이 방에서도 쑤군쑤군 로비나 복도에서도 모여 서서 쑥덕거린다.

뿐만 아니라 조선인 총영사 격이라는 영사관 끄나풀은 아침낮으로 드나들며 자칭 대정객입네 호화로운 연회를 베풀고 있으며, 어느 박스에서는 충실한 애국주의자가 미군의 공세에 대하여 이를 갈며 떠벌리고, 어떤 문필 정치가는 무슨 문화단체의 이름을 팔아 모은 기부금으로 신 새벽부터 취해 돌며, 새로 들이닿은 여장수들은 여기저기서 주워 얻은 돈으로 파리의 화장품을 사들이기에 골몰이다.

여기에 새로 조선서 ××악단이라는 군 위문 패거리가 당도하고 또 앞서 장자커우로 공연하러 나갔다던 ×××가극단 일행까지 쓸어 들어오니 정녕 정신을 차릴 도리가 없었다.

그리고 고지식한 주제에 진기름으로 머리를 마늘쪽처럼 갈라붙인 예술가 씨와 음악가 양들은 무슨 재주에서인지 한번 나갔다 돌아올 때면 구두가 새것이 되고, 두 번째 나갔다 올 때는 옷차림이 달라지며, 세 번 만에는 향수내음이 코를 찌르게끔 되니 그야말로 눈알이 빙글빙글 돌 지경이다.

북경반점의 236호, 이것이 내 방이었다. 아니 그것도 숙객이 폭주하기 때문에 방 한 칸을 독차지하지 못하여 나는 생면부지의

K씨 방으로 굴러 들어오게 되었던 것이다. 생면부지라고는 하나 사실인즉 며칠 전 난징으로 내려가는 길에 들러서 이삼일 머무는 동안 로비에서 여러 번 대하던 얼굴이며, K는 K대로 나를 누구인지 알고 있었다는 것이다. 하여간 새로 인사를 마치고 방안에서 저녁을 같이 하며 맥주가 거나하게 오르게 되자 지나온 과거의 편력을 이야기하는데 그 내용의 허황함이 역시 이 반점은 초야부터가 아라비안 나이트라는 느낌이 크다.

그는 화중에서 잡곡장수를 하여 얼마간 돈을 모아 가지고 올라와 4개월 동안이나 이 반점에 머물면서 거처할 집을 구하고 있었다. 그러나 한 번도 집을 구하러 나가는 모습은 볼 수 없고 무슨 심사라도 편치 않은 일이 있는지 아침부터 밤까지 웅크리고 앉아서 애매한 맥주 대배로 벌컥벌컥 들이키는 터다.

자신의 호언에 의한다면 그는 언젠가 신문 지상에도 보도될 법한데, 7.7사변(1937년 7월7일, 노구교사건(蘆溝橋事件)을 계기로 중일전쟁이 시작됨 - 옮긴이)의 하나의 도화선이 되었다고 할 수 있는 텐진시 정부 점령사건을 일으킨 장본인 중의 하나였다. 이것은 터무니없는 거짓말인지도 모른다.

이 중국 천지에는 이런 허풍쟁이파가 하도 많으니 – 혹은 정말인지도 모른다 - 어떻게 보면 그럼직도 하여 보이는 인품이었다.

어쨌든 이런 사람과 한 방에서 침식을 같이하게 되었으니 역시 중국이로구나 하는 느낌도 느낌이려니와 아이러니도 어지간하다. 그러나 이 사내 덕분에 이 북경반점에 드나드는 사람과 숙객들에 대하여 비교적 정확한 판단과 분별을 가지게 된 것은 천만다행이었다.

"내야 일이 그렇게 거창스레 될 줄이야 알았소?"

K는 거센 목소리로 이렇게 이야기하며 껄껄거렸다. 자랑도 아니요, 뉘우침도 아닌 수호전 식의 낭인을 자처하는 술회였다.

비록 괴문이나마 이 텐진시 정부 점령사건이란 아마 조선인 좌익사에서는 커다란 페이지를 차지할 일의 하나일 것 같다. V라는 유명한 사내가 그 당시 중국 침략 정책에 적극주의를 쓰던 일본 관동군으로부터 밀파되어 텐진에 들어와 부랑인, 양차꾼, 거지… 이런 사람들을 약 2백 명 모아 놓고서 만두로 배불린 뒤에 총을 한 자루씩 메워 가지고 시 정부에 갑자기 들이쳐 점령한 것이었다.

그리고 이 V선생은 시정부 주석의 의자에 걸터앉아서 일본인 기자단과 회견이랍시고 하였다.

K는 V선생의 참모장 격이었다고 한다. 이렇게 된 영문은 모르고 진짜 주석이 제 방으로 찾아 들어와 보니 웬 알지도 못하는 녀석이 제 자리에 앉아서 노상 성명을 발표하고 있어 눈이 휘둥그래졌다. 가(假)주석 V는 진짜 주석의 귓바퀴를 잡아 쥐고 몇 걸음 끌고 나가다가 꽁무니를 걷어차 내쫓고 말았다.

그러나 V는 북지파견군의 사전 양해를 얻어 두지 못하였고, 이 일을 알고 일본군들이 총을 메고 쏟아져 오는 바람에 성명서를 읽다 말고 뒷문으로 빠져 화물차로 삼십육계를 놓게 되었다. 그리고 그 달음으로 퉁저우까지 달려가서 절간 한 채를 점령하고 새로 정부를 차려 놓았으니 그 이름이 가로되 '화북농민 자치정부'라는 것이다.

일이 이렇게 되고 보니 베이징, 텐진 등지에서 민중들이 연일연야 대 시위운동을 일으키며 한간대적(漢奸大賊) 왕모를 잡아 죽이라고 소리 높이 외친다.

이 협잡정부 주석 왕모가 두말할 것 없이 바로 그 V라는 자이
며 그자를 토벌하는 일이 소위 통주사변이 되어 이것을 구실로
일본군의 진격을 보게 된 것이었다.

"그때의 내 계획인 즉은 한 부대는 시 정부를 점령하고 한 부
대는 은행을 점령하며 몇 백 만원 검쳐 쥐었다가 전세가 기울어
부득이 달아나게 되면 하다못해 저 간쑤 성(甘肅省)까지라도 달아
나 거길 근거지로 중국 천지를 호령을 하자는 것이었는데… 그
렇게 되었다면 요즘 좀 좋겠소?" K는 생각할수록 부아가 치미는
지 큰 잔을 한입에 들이키더니 내 얼굴을 쳐다보며 조그만 눈을
찌기득한다.

"왜 못하였소?"
"대장도 그건 강도와 같다는구만…남의 나라 시 정부를 치는
것은 강도가 아닌데…"
하면서 K는 또다시 껄껄 웃어댔다.

이 북경반점이 복마전이라면 나는 정녕 마왕의 방으로 굴러 들
어온 듯하였다. 혹시 내가 이 사내에게 은연히 감시를 받고 있지
나 않는가 하는 생각이 불현듯 머리에 들기도 한다. 내 경각심이

너무도 견고하기 때문이었다.

이때 노크 소리가 들리면서 쑥 들어서는 그림자를 보니 먼젓번 들렸을 때에 인사한 기억이 있는, 화중에서 백화점인가를 경영하는 사내였다.

"아, 오셨구면요! 이렇게 늘 돌아오시는데 무얼 안 오실 게라고들….'

혼잣말 같이 놀라는 말투였다. 가슴이 덜컹하였다. 내가 난징에 내려간다고는 하지만 필경 어디로든지 빠져나가리라는 소문이 돌고 있지나 않았는가 하는 생각에 불안한 기분이 엄습하였다.

그 사내가 나간 뒤에 K더러 슬며시 물어보니까 그는 이렇게 말하는 것이었다.

"뭐해 먹는 자인지 글쎄 알 수가 있어야지?"

피해망상인지는 모르나 등줄기가 쭈뼛하였다.

사실 나는 쉬저우와 난징에서 보기 좋게 실패하고 베이징으로 상경했기 때문이다.

난징의 P군과 대강 만나기로 한 약속이 있었으나, 그 약속이 퍽 오래 전의 일이었기 때문에 불안한 끝도 없지는 않았다. 그러나 P군이 내가 오기를 기다리다 못해 먼저 떠났다면 되돌아 올라오며 쉬저우에 들리리라 하였다.

그러나 난징에 도착 해 P군이 근무하고 있는 상행(상회)으로 전화를 걸었더니 그 대답이 매우 의심스러운 것이, 세세한 것을 알려거든 찾아오라는 것이었다. 그래 양차(인력거)로 달려가 주인(조선인)을 만나 물어 보니, P군 이하 칠팔 명 젊은이가 거취불명이라 한다. 그것이 겨우 열흘 전의 일이었다. 여기서 나의 오작교가 끊어지고 말았다. 연 사흘 동안 헌병대와 지역 경찰이 총출동으로 수색망을 쳤으나 종적이 묘연할뿐더러 쉬저우에 있던 S군 이하 삼사 명도 같이 없어진 듯하다는 말에 거듭 놀라게 되었다. 이 S군으로 말할 것 같으면 저번에 귀국하여 P군과 같이 나를 집으로 찾아와 내가 중국으로 간다면 자신도 행동을 같이 하기로 서로 약조 하였던 사이이기 때문이다. 눈앞이 캄캄하였다.

난징에 도착한 날부터 밤마다 새벽마다 요란히 울리는 공습경보에 애꿎게 신경쇠약만 걸릴 지경이었다. 이왕 내친 김에 샹하이로 내려가 볼까 하는 생각도 없지 않았다. 정치공작의 중심지이니만큼 무슨 좋은 길이 열림직도 하다는 막연한 기대에서였다.

아닌게아니라 지난해 중국에 가서 7월 한 달을 샹하이에서 지내는 동안에 충칭(重慶, 1937년 발생한 중일전쟁 전후의 영향으로 1932년부터 샹하이시에 있던 임시 정부 소재지를 항저우시, 자싱 시, 난징시, 창사 시, 광저우시로 옮겼고 중국국민당 정부의 도움으로 1940년 중국 내에서 마지막으로 이 곳으로 옮기게 된다. 현재, 대한민국 임시정부 청사 유적이 있다 - 옮긴이) 측의 임시정부 공작원이라고 칭하는 청년이 호텔로 방문한 일이 있었다.

그러나 샹하이라는 도시가 도시요 또 백귀암행(百鬼暗行)의 시절이니만치 그 청년이 일경의 끄나풀이 아닌가 하는 의심이 들지 않는 바도 아니었지만 그래도 내 딴에는 나대로의 조그만 신념이 있었던 것이다.

그것은 조선의 독립이 조선을 떠나서 있을 수 없으며, 조선민족의 해방이 그 국토를 떠나서는 있을 수 없는 일이니 만큼 왕성한 해외의 혁명역량에 호응할 역량이 국내에도 이룩되어야 한다는 것이었다. 그러자면 국내에서 배겨나지 못하게 되어 망명하는 이는 별개 문제로 하고 나와 같이 국내에 발을 디디고 살 수 있는 사람이 일부러 망명한다는 것은 하나의 도피요 안일을 찾는 길이라고 생각하였다. 더구나 제 1선에서 총을 들고 싸우는 곳이면 또 모르려니와 몇천 리 산 넘고 물 건너 대후방에 위치한 충칭으로 들어간다는 것은 보다 더 비겁한 도피라고 생각하였던 것이다.

무엇보다 충칭이란 곳에 매력이 없었던 것도 사실이다. 이야말로 구도자의 성지는커녕, 반동의 거처인 아시아의 마드리드인 것이다.

국가와 민족의 신성한 이익을 배반하여 투항과 퇴각의 일로로 만리 오지에 도망해 들어가 내전의 흉계를 꾸미기에 여념이 없는 반동정부의 수도, 이런 정부의 뒤를 창녀처럼 따라다니며 장개석의 테러단으로 유명한 남의사(藍衣社- 장개석의 지휘 아래 중화민국과 국민당을 군국주의 노선으로 이끌어간 일종의 정보기관이자 준군사조직 - 옮긴이)와 CC단(장개석의 부하인 천궈푸, 천리푸의 조직. 두 형제의 성인 진씨(중국어로 Chen)에서 따왔다. 의외로 항일독립지사들 중 많은 사람들이 남의사와 CC단의 도움을 받았다. 이 문장에서는 그에 대한 김사량의 반감이 드러난다 - 옮긴이)이 던져 주는 푼돈으로 목을 축여 가는 행랑살이 임시정부 선생들의 독립운동 영업집에 찾아 들어가기에는 나는 너무나 계산에 어두웠다. 일껏 배워야 장개석의 매국흥정이며 독재간계(獨裁奸計)와 테러행사일 터니 가소로운 일이 아닐 수 없는 것이다. 실상, 들으려고 하지 않아도 재 충칭 임시정부 내의 파쟁과 자리싸움이 얼마나 극심한지만 들려왔던 것이었다.

그러나 이런 인식을 다시금 새롭게 하면서 평양에 돌아와 보니, 때는 나날이 정세가 급박해져 붓대를 꺾고 학교 일에나 묻혀 있을 수도 없게끔 되었다.

더욱이, 비좁은 평양에 거주하다보니 문단인으로 본다면 미미한 존재임에도 일본 경찰은 나를 그냥 방임하고자 하지 않았다. 게다가 중국에서 돌아온 뒤부터는 일본경찰의 주목과 내사(內査), 감시가 한층 더 심해진 것이다. 학도병으로 내몰려 쉬저우 근방에 나갔던 조카가 나를 만나 본 지 몇 달 안돼 탈주한 사실이며 쑤셴(宿縣)에서의 헌병대 놀음, 그리고 샹하이에서의 1개월 간의 이런 일 저런 일이 모두 놈들의 의심을 사기에 꼭 알맞았던 것이다.

하루는 중학 시절에 스트라이크를 팔아먹던 동창생(김사량은 평양고보 재학 중에 항일시위에 참여하였다가 재적되었다 - 옮긴이)이 서울로부터 독립운동을 하자고 내려왔다. 알고보니 경무국의 끄나풀이었다. 또 한번은 명색모를 사내가 공산주의인가를 하자고 했고 이 자는 헌병대의 앞잡이였다. 이런 형편이니 시시각각으로 조여드는 신변의 위협을 느끼지 않을 수 없었게 되었다. 출국의 결심이 여기서 다시 생기게 된 것이다.

이 불안한 환경으로부터 빠져나가 어떻게든지 중국 땅으로 다시 건너가서 옌안으로 들어가 싸움의 길에 나서리라… 냉엄한 자아비판을 하자면 역시 무서운 현실에서 도망하자는 것이 최초의 동기였는지도 모른다.

이리하여 중국으로 떠나 온 길이건만 난징까지 내려와서 오도 가도 못하게 된 것이다.

　여기까지 온 이상 샹하이로 나가면 무슨 좋은 수가 생겨도 생기리라⋯ 그러나 실제로 샹하이까지 가서 여러 날 묵어야 된다면 적지 않은 숙박비를 어떻게 조달하느냐는 난제가 앞을 가로막았다. 하기는 불의의 경우에 이용하려고 홍삼 한 근에 시계도 두어 개 가지고 다니지만 그렇게 벌써부터 처분해서야 앞길이 매우 불안스럽다.
　어리석은 생각이지만, 지리적 관계로 샹하이에서는 옌안과의 연락이 대단히 힘들리라는 추측도 들었다. 그래서 3등차의 통로에 꿇어앉아 건들먹거리며 다시 상행하기 시작하였다.

　쉬저우에서 하차하여 알아본 결과 S군의 실종을 또한 확인하게 되었다.

　이튿날 새벽녘 텐진에 도착할 참이라 이번에는 일본 조계에 있는 친구인 이 박사의 병원으로 찾아 들어갔다. 나의 중학 동창으로 친족의 의업을 도와 주면서 조선학 연구에 종사하고 있는 온공독실(溫恭篤實)한 호학이다. 지난해 중국에 갔을 때도 이 병원에 찾아와 한 방에서 여러 날을 같이 지내며 심정을 토로한 적이 있다.

소년 시절로부터 깊은 우정이 서려있는 사이라 이심전심이었던지 내가 쓱 들어서니 어떤 예감이 짚이는 모양으로 얼굴빛이 달라진다. 나는 이층으로 인도되었다. 이 박사는 내 결심이 굳음을 알고 이날 밤부터 나의 떠날 경로에 대하여 여러 가지로 머리를 앓게 되었다. 그러나 진찰실과 서재 속에만 묻혀 있는 그에게 좋은 생각이 있을 리 만무하였다. 옌안으로는 베이징에서 떠나는 이가 많다는 소문을 들었다고 하면서 그것도 자칫하면 횡횡하는 가공작원(밀정)의 그물에 걸리기가 쉬운 모양이라고 염려한다. 여기서도 나는 늘상 하던 버릇으로 지도를 펴 놓고 궁리하였다. 옌안이 그 중 가까워 보이는 역을 짚어가면서 동포선(同浦線)이라면…?타이위안(太原)에라도 믿을만한 이가 있다면…? 베이징에서 그냥 산을 넘어 들어간다면…?

굳이 옌안 방면으로 들어가고자 하는 이유는 여기에 새삼스러이 까놓을 필요조차 없을 것이다. 이 중국 땅에는 새로운 태양이 산간닝 변구(陝甘寧邊區)에 떠올라 광대한 구역을 밝히기 시작한 지 이미 오래다. 장개석의 독재를 반대하고 그 내전정책을 두

들기며 혁명의 깃발을 높이 들고 적에게 무장항변을 거행하면서 인민의 정부를 조직하여 농민을 해방하고 대중을 도탄에서 건져 내고 있다. 이네들과 같이 우리 조선의 우수한 혁명가와 애국 청 년들도 또한 총칼을 들고 싸우고 있는 것이다. 우리 조국의 깃발 이 해방구역의 산채마다 퍼득이고 있다. 생각만 하여도 가슴속 이 뒤설레는 일이다. 조국을 찾으러 싸우는 이 전쟁마당에 연약 한 몸을 던짐으로써 새로운 성장을 얻어 나라의 조그마한 초석 이라도 되고자 함이었다.

둘째로 해방구역내의 중국 농민의 생활이며 인민 군대의 형편 이며 신민주주의 문화의 건설면도 두루두루 관찰하여 나중에 돌아가는 날이 있다면 건국의 진향에 조금이라도 이바지함이 있 으려는 것이다.

그리고 또 하나의 낭만으로는 이국 산지에서 조국의 광복을 위 하여 적들과 싸워 나가는 동지들의 일을 기록하는 일에 작가로 서의 의무와 열정을 느낀 것이다.

마침내 나는 다시 베이징으로 올라가 보리라 하였다. 떠날 때 이 박사는 옆구리에 만원 돈을 찔러주며 모쪼록 성공하여 일로

평안하기만 축원한다고 하였다.

이리하여 호혈(虎穴- 호랑이 굴- 옮긴이)로 들어오는 마음으로 이 북경반점에 륙색(배낭 - 옮긴이)을 부려 놓은 것이다. 그러나 그야말로 천행으로 여기에 온 지 사흘째 되는 날 저녁에 비밀공작원의 손길이 나에게 뻗치게 되었다.

아침부터 비가 부슬부슬 내리고 있었다. 할 일 없이 나는 이날도 로비에 앉아 책을 뒤적거리고 있었다. 궂은 비가 하루 종일 오기 때문에 모든 박스가 거의 만원이었다. 더구나 이날 밤부터 호텔 지층 대홀에서 열리는 ××악단의 공연을 보려고 북경 시내의 조선 사람이 물밀 듯이 몰려들기 시작했다.

그 중 흔한 국민복을 비롯하여 양복, 중국옷, 심지어는 일본 유카다까지 뛰어 들며, 부녀자는 너나없이 이방의 간고한 살림살이에 부대껴 얼굴이 싯누런 할머니, 어린애를 둘러업은 아주머니, 양장이 어울리지 않는 창기들이며 호화로운 옷차림의 매소부(賣笑婦)…모두 들어오며 떠들썩하니 고아 댄다.

"북경반점 생긴 이래 이런 고약한 손님들은 처음일걸?"

옆에서 한 사내가 히히덕거린다.

나는 뒤적이던 책을 덮어 놓고 멀거니 이들의 광경을 바라보며 혼자 암연해지는 것이었다.

이때 난데없이 굴뚝처럼 키가 큰 사내 하나가 잎에 문 파이프로 연기를 내뿜으며 듬석듬석 중앙으로 다가와 꿍 하더니 안락의자에 걸터앉는다. 그러자 주위에 둘러앉았던 촉탁이니 사업가니 밀정패들이 가까이 가서 공손히 인사를 한다. 아마 상당히 세도라도 쓰는 인물인 모양이었다.

좋은 국민복지로 물큰하게 내려씌운 모양이며 번지르르한 구두, 아편 부자로서는 너무 위엄기가 서려들고 흔한 촉탁으로서는 지나치게 파격이며 사업가로서는 적이 과격(驕激)해 보여 이게 무슨 종류의 인간일까 하고 어쩐지 호기심 어린 눈으로 유심히 훑어보게 된다. 이때에 같은 숙소에 묵는 K가 어정어정 내려오기에 누구냐고 눈짓으로 물으니까 저 사람이 바로 일전에 말했던 텐진 시 정부 점령사건의 주역 V라고 한다. 여기와서 처음으로 V의 전력을 알게 되었지만, 신문에도 휜전되던 이름이라 기억에도 새로운 존재였다.

한때는 일본 화족의 영양과 결혼한다고 떠들더니 몇 달 안 되어 평양 명기와 또다시 조선호텔에서 결혼식을 올렸다는 신문이 있었다. 수년전에 내가 어떤 일본의 주간지에 기생을 주제로 하여 끄적거린 소설이 바로 이 명기 부인의 일이라고 오해되어 가정 불화가 일어날 뻔했다는 풍설까지 들은 바가 있어 혼자 몰래 쓴 웃음을 짓게 되었다.

"그럼 대단한 역사적 인물이구려…저분이."

K는 껄껄 웃으며 "적어도 한때는 화북 농민 자치정부의 주석이니까…"

이때, 회색 헬멧을 쓴 셔츠 바람의 Y씨가 곰처럼 둥기적거리며 기린처럼 사방을 둘러보면서 뚜벅뚜벅 들어온다. 들어오며 손에 든 살부채를 연신 흔들어 보이며 이리저리 인사를 하는 것이다. 모름지기 나는 북경의 거인들과 한자리에서 만나게 되는 모양이다.

2. 회색 헬멧

이 Y거인은 전문학교 시절에 명 스포츠맨으로 이름을 날리다가 신문사 생활을 거쳐 베이징에 들어온 지 이미 칠팔년이 되는 사람이다. 지난해 내가 샹하이로 내려갔을 때, 어떤 지인으로부터 소개장을 받기도 하였으나 베이징 지날 일이 없어 만나지 못하였다.

그러나 국내에서도 이모저모 여러 가지로 이야기를 들어 그의 인품이며 자성에 대하여 대강의 예비지식이 없지 않았다. 거대한 몸에 비해 대단히 부드럽고 상냥한 사람으로 이번이 겨우 두 번째의 상봉이었으나 십년지기처럼 악수를 하며 서로 농담까지 할 수 있었다.

Y거인은 내 옆자리에 듬직이 그 거대한 엉덩이를 묻으며 살부채를 펼쳐 들더니,

"언제 올라왔소? 최대 급행이구려. 그래, 곧 귀국하시려오?"

"보아야 알겠습니다. 다만 며칠이라도 더 있어 보렵니다."

"왜, 무슨 좋은 일이 있소?"

"글쎄요."

하며 마주 웃었다. 이때에 홀에서 음악회가 시작되는 모양으로

박수 소리와 같이 현악 소리가 들려온다. 우리들도 일어나 그리로 밀려가게 되었다.

"그럼 나는 M네 집으로 가서…"

굴뚝같이 기다란 몸의 자치정부 주석 V는 몸뚱이를 일으키며 중얼거렸다.

"독립운동 이야기나 들을까?"

천연스레 이런 소리를 하는, 또 족히 그럼직도 한 사람이었다. 요즘 와서는 이 역사적 인물이 떡먹듯이 독립운동을 차려 놓기 시작한 것일까?

사실 1945년이란 시기의 조선은 참으로 형형색색의 인간을 창조하고 있었다. 아마도 모르기는 모르되 이 베이징 천지에도 얼핏 보기에는 범놀음을 하는 범가죽을 쓴 개들이 많을 것이다.

나중에 알고 보니 V가 독립운동 이야기를 들으러 찾아간다는 M또한 특무기관(일본의 특수 군사조직으로 정보수집, 비밀작전 등을 수행하던 기관 - 옮긴이)의 뒷문으로 드나들던 사내로, 현재는 남조선서 어떤 테러당의 두목으로 행세 중이다.

홀 입구로 가까이 다가가니 사람 떼가 들이밀어 어지간히 혼잡하다. 그때 나는 나중에 보아 들어가기로 하고 창가의 조용한

티 박스를 점령하고 앉아 담배를 피워 물었다. 여기에 곰처럼 기린처럼 크고 긴 Y거인이 또다시 나타나더니 마주 앉으며 부채로 활활 바람을 일으킨다.

"작년에 오셨을 때 꼭 만나려 하였더니…"

"그땐 여기서 하룻밤밖에 쉬지 않았으니까."

"이번엔 매우 결심이 단단한 모양이구려?"

"글쎄요, 난 중국을 좀 더 공부해 볼 생각이 있어 어쩌면 이 베이징에 눌러 앉을지도 모르겠소."

"허허, 이 중국 대지에서 옥쇄(玉碎, 부서져 옥이 된다는, 명예로운 죽음을 의미 - 옮긴이)하고 싶으신 모양이군…" 하더니 부채를 도로 접으며 빙긋이 웃는다.

"그럼 Y형은 베이징을 사수하실 생각이오? 가족이라도 어서 귀국시켜 두시오."

"쉿!"

"……"

"불온하오, 불온하오….그러나 형같은 이어야, 이왕이면…" 그는 말끝을 슬쩍 돌리며 헬멧을 벗어 놓는다.

"이왕이면 어쩌란 말이오."

"…… 가 보시지."

　삽시에 가슴이 뜨끔하였다.

"어디루?"

"글쎄……."

　일순간 두 눈이 마주치며 불꽃이 튀는 듯하였다. 그러나 나는 슬며시 웃어넘기려 하였다.

"역시 베이징은 고약하구려. 당신도 그렇게 되었소? 나 같은 선량한 신민까지 떠보아야 할 모양이오?"

"무엇이요?"

"……별 직업이 다 있다더군요."

"특무 말이요?"

　내가 끄덕이니 그는 너털웃음을 터뜨리다가 갑자기 부채를 펼쳐 제 잔등을 두드리며,

"어떻소? 이 나의 듬쑥한 잔등을 믿어 보구려."

"그럼 그 잔등에 업혀 볼까요?"

　했더니 헬멧을 올려놓으며 거인이 일어난다. 나도 일어났다.

"언제 떠나면 좋을지……"

"내일이라도 좋소."

"그럼 내일 새벽 연락하시오. 전화번호는 4,××××."

"이목이 번다하니 먼저 실례하겠소." 라며 그는 다시 부채를 펴들고 휘휘 부치면서 아까와 같이 사위를 위압하며 밖으로 사라졌다. 불과 이삼 분 사이의 일이었다. 마치 꿈속의 일처럼 한참 동안 나는 멍하니 서 있었다.

베이징서 사업가로도 비교적 탐탁한 존재라는 이 Y거인이 과감스레도 지하공작을 하고 있구나 하는 새삼스러운 놀람도 놀람이지만 이렇게 수월히 단시간에 연락이 될 줄은 꿈에도 예기하지 못하였던 것이다. 그러나 혹시 내가 너무도 경솔히 믿고 들어붙지나 않았나 하는 의구의 마음이 금시로 꼬리를 저으며 일어난다. 하지만 이미 운명은 결정된 것이니까.

소기의 곳으로 가게 되든지,

혹은 헌병대로 끌려가게 되든지……

톈진서 이 군이 주의 주던 이야기가 주문처럼 들려온다. 하여간 운명에 맡길 수밖에 없는 일이었다. 방으로 올라와 여간한 짐을 정리하고 나서 침상위에 드러누웠다. 짧은 밤이 깊어도 잠이 오지 않았다. 이날 밤 K는 돌아올 줄 몰랐다.

이튿날 새벽 전화로 Y와 연락되었다. 동안시장(東安市場) 안 어느 조그마한 중국 음식점에서 다시 만나기까지 안심이 안 되는 초조한 하룻밤이었다.

다섯 냥쭝 가량의 고량주를 나누며 출발을 하루 연기하여 내일 모레, 갈 수 있는 데까지는 기차로, 만날 장소는 역의 1, 2등 대합실, 떠날 시간은 내일 하오 한 시에 다시 여기서 만나 작정하기로 하고 총총히 헤어졌다.

공작상 여러 가지로 비밀도 있을 것이리라. 나는 다사스레 묻지도 못하였으며 Y거인도 필요 이상의 말을 하려고 하지 않았다.

"어쨌든 독립동맹본부로 직행하도록 할 터이니……"

"복장은?"

"입은 채로 가시오. 오늘 떠나는 일행이 있지만 두어 달 걸려야 될 게요. 형은 건강이 좋지 않아 보이니……"

"기차가 위험하지는 않겠소?"

그는 고개를 설레설레 저으며 힘있게 단언한다.

"절대로."

"그럼, 내일 다시 만납시다."

악수하고 헤어지까지 주고받은 이야기라고는 이것이 거의 전부였다. 틀림없는 이로 믿어지기는 하나 소상한 이야기를 들을 수 없어 역시 한 끝으로는 마음이 불안하였다.

214

그러나 반점으로 돌아와서는 아는 사람을 만나면, 나는 모레쯤 샹하이로 갈 생각이라고 미리 이야기 해 두었다. 그리고 입고 온 양복이 아무래도 목적지에 가서는 불편스러울 모양이라 다시 거리로 나와 몇 천 원 주고 튼튼해 보이는 작업복 한 벌을 사고 남은 돈으로는 어린애들에게 보낼 장난감을 고르기 시작하였다. 육국반점에 묵고 있는 시인 R여사를 만났더니 돌아가는 길에 평양에서 하차하여 전해 주겠다는 고마운 말이 있었기 때문이다. 어쩌면 애들에 대한 마지막 선물이 될지도 모르겠다는 생각에 정성스레 물품을 고르고 또 고르며 한가지라도 더 많이 사 보내고 싶어 하루 종일 쏘다녔다. 하지만 일 년 전보다 10배 이상의 엄청난 물가이기 때문에 눈에 차는 것은 하나도 살 수 없었다.

다음날 오후 한 시에 우리는 다시 그 음식점 그 자리에서 만나게 되었다. 여기서 내일 만날 시간이 약속되었다. 1, 2등 대합실에서 이른바 최후의 점심을 나눈 뒤에 헤어져 나오노라니까 Y거인이 허둥지둥 뒤따라오며 나를 불러 세운다. 그는

"주머니에 있는 돈이 이뿐이요."

하며 지전 뭉치를 덥석 쥐여 주는 것이다.

"한 5천 원 됩니다. 어린애들에게 구두라도 사 보내시오."

다시 악수를 하고 돌아설 때 왜 그런지 눈물이 핑 돌았다.

사람들의 물결 위를 회색 헬멧이 둥실둥실 떠가며 사라진다. 이윽고 나는 시장 안으로 들어가 어린애들의 탐스러운 가죽구두 두 켤레를 사들고 돌아왔다.

메고 갈 류색의 짐을 덜어 고향에 보낼 헌 옷 꾸러미를 만들고 이 속에 어린애들의 물건을 차곡차곡 넣어 묶어 놓았다. 공교롭게도 이 다음날 아침 일곱 시 차로 R여사가 귀국하기로 되어 일이 더욱 순조로웠다.

그날 밤 나는 어머니와 아내에게 무량한 감개 속에서 몇 장의 편지를 쓰게 되었다. 떠날 때의 암호대로 '여불비(餘不備禮의 준말. 나머지는 예를 갖추지 못한다는 뜻으로, 옛 편지 말미에 격식 있는 인사로 쓰는 말 - 옮긴이)라고 상서하여 드디어 떠나게 된 사정을 알게 한 것이다. 그리고 떠나는 날짜와 시간도 내박았다. '여불비'라고 쓴 편지가 마지막 편지인 줄 알라고 아내에게 이르고 떠난 것이었다.

이날 새벽 일찌감치 일어나 R여사에게 집으로 보내는 짐을 부탁할 겸 역에 나가려고 부스럭대는데 같은 방의 K가 눈을 부비며 일어나 고약스런 꿈을 꾸었노라고 중얼거린다.

"무슨 꿈이오?"

하고 돌아보며 물었다.

"역시 분명히 이 반점인데 지붕 위로부터 뱀이란 놈이 슬슬 기며 내려오기에 놀라 쳐다보고 있노라니까 얼마쯤 내려와서는 그놈이 사람이 되더란 말이오. 꿈에 뱀을 보면 하나도 되는 일이 없다던데…."

나는 어쩐지 마음이 언짢았다. 나중에라도 내가 항전 진영으로 탈출한 일이 드러나 이 자칭 풍운아를 곤경에 빠뜨리지 않을까 하는 가책지심이 없지 않았다. 어쩔 수 없는 일이다. 무엇보다도 이 우중충하니 솟아선 복마전의 북경반점으로부터 쥐도 새도 모르게 빠져나오게 된 것이 한량없이 유쾌할 뿐이었다.

고도의 새벽 거리는 안개 속에 휘감겨 고요할 대로 고요하였다. 양차꾼들이 길가의 노점앞에 웅크리고 앉아 콩죽을 훌쩍훌쩍 들이키고 있었다.

양차를 몰고 역으로 달려 나오니 바로 발차종이 울리고 있었다. 기차가 움직이기 시작하였을 때 나는 R여사에게 짐을 맡기고 따라가며 귓속말로 이렇게 부탁하였다.

"나도 오늘 차로 남쪽을 떠나오마는 우리 집에 들르시거든 아무런 일이 있어도 놀라지 말도록……그리고 오늘 나도 떠나더라고 일러 주시오."

여사는 눈을 깜짝거리며 말했다. "되도록 빨리 귀국하세요."

기차는 차츰 속력이 빨라졌다. 나는 구보로 따라가며 부르짖었다.

"이 편지도 꼭 전해 주시오. 믿습니다."

　전날의 약속대로 아홉 시 반에 1, 2등 대합실로 들어와 한가운데 서 있는 기둥에 기대고 앉았노라니 정각에 시커먼 화북 교통국의 모자를 쓴 이가 나타나 눈짓을 하면서 돌아선다. 볕에 그을은 얼굴이 무뚝뚝하며 몸뚱이가 둥실둥실하여 중국 사람같이 보이는 청년이었다. 따라 나가서 그로부터 차표를 받아 들고 안내대로 사람떼를 헤치고 나가 평한로(平漢路) 홈에서 남방행 열차 위에 몸을 실었다. 그는 나무 도시락 세 개와 담배 '첸먼(前門)'을 다섯 갑 사서 들려주며,

"거의 도착할 때 쯤 되면 인사하는 이가 있을 터이니 그 뒤를 따르시오."

　이렇게 일러준다. "서로 모르는 것이 좋으니까……"

　나는 웃으며 끄덕였다.

"고맙습니다."

"우리도 머지않아 걸어 메고 들어갈지 모르겠소."

"거기서 만나게 된다면 더욱 반갑겠습니다. Y선생에게 말씀 잘해 주시오!"

"건강 부디 조심하셔야 합니다."

드디어 발차를 알리는 종소리가 요란히 울리기 시작하였다. 뜨거운 악수를 교환하고 나는 열차에 올라섰다.

"베이징이여, 잘 있거라!"

해설

김사량
- 그의 이름과 언어, 문학과 방랑에 대하여

김석희

폴란드 작가 올가 토카르추크의 『방랑자들』의 한 모퉁이를, 나는 몇 번이나 되돌아가서 다시 읽었다.

'나는 종종 지도에서 사라지곤 한다. 내가 어디에 있는지 아무도 모른다. 어딘가로부터 출발해서 어딘가에 도착하기까지의 지점. '틈새'에 해당하는 그런 지점이 과연 존재할까?'

한국의 근현대사 지도에서 자주 사라지곤 하는 김사량이라는 작가를 떠올렸다. 도쿄, 경성, 평양, 베이징, 타이항산…… 그는 문자 그대로 동아시아 지도를 누비고 다녔지만, 어디에서도 온전히 그를 기억해 주지 않았다. 나는 그런 김사량 연구로 석·박사학위를 연이어 받았다. 이해득실을 따지자면 그다지 영리한 선택은 아니었다는 생각도 들지만, 덕분에 나는 어떤 것도 단정 짓지 않고 끊임없이 흔들리며 오래도록 고민해 보아야 한다는 정도는 알게 되었다.

김사량을 만난 세월로 치면 벌써 20년이다. 김사량 연구로 석사학위를 받을 때는 박사학위를 받으면 스스로 김사량을 평가할 수 있을 거라고 막연히 믿었지만, 박사학위를 받은 지 15년이 넘은 지금까지도 김사량에 대해 굵고 선명한 줄기를 골라내지 못했다. 최근 10년에 가까운 시간은 김사량 연구를 중단하고 있었다. 이런 내가 김사량의 작품을 번역하고 그를 일반 독자들에게 소개하는 것은 분에 넘치는 일일지도 모르겠다. 그러나 김사량을 생각하지 않은 시간은 없었다. 내가 오랜 시간 그를 한마디로 평가 내리지 못했기 때문에, 오히려 독자들에게 김사량을 편견 없이 소개할 수 있겠다는 생각도 든다.

김사량은 1914년 3월 3일생으로 식민지 조선에 태어나 평양보고 5학년 때 항일시위를 하다 퇴학당하고, 일본으로 밀항하여 도쿄제대에 입학했으며, 『빛 속으로』를 일본어로 써서 아쿠타가와상 후보에 올랐다. 이후에도 일본의 정책을 정면으로 비판하는 작품 『천마』, 『풀이 깊다』를 연속해서 '일본어로' 발표한다.

시대의 질곡을 피하지 못해 제국의 펜 부대로 동원되기도 했지만 결국 단신으로 중국 타이항산의 항일근거지로 탈출했고, 해방이 되면서 고향인 평양으로 돌아갔다. 한국전쟁 때는 종군기자로 남하했으며, 퇴각하는 길에 심장마비로 사망했다고 알려져 있다. 제1차 세계대전이 시작된 1914년에 태어나 한국전쟁 중인 1950년에 사망한 그의 삶은 말 그대로 역사의 소용돌이 한가운데 있었다 해도 과언이 아니다.

그는 보기 드물게 친북 작가인 동시에 친일파로 분류되던 인물이며 실제로 그런 이유로 1980년대 말까지 국내에서 언급조차 되지 않은 비운의 작가였다. 그러다 2000년대 들어서면서 윤동주에 비견되는 저항작가로 알려지기 시작했다. 나는 김사량 자체보다 이 평가의 스펙트럼에 주목했다. 이 스펙트럼이 우리 사회의 가치관을 극명하게 보여준 리트머스 시험지와 같은 것일지도 모른다고 생각했기 때문이다. 그는 친일 협력 작가가 아니면 저항작가가 될 수밖에 없는가 하는 의문과 그를 있는 그대로(물론 있는 그대로의 모습이란 존재하는가의 문제를 포함하여) 바라볼 수는 없는가 하는 문제를, 현명하신 독자 여러분 앞에 내놓으면서, 앞으로 기회 있을 때마다 함께 이야기 나눌 수 있기를 희망한다.

『빛 속으로』: 너의 이름은

내 이름은 '김석희'다. 이따금 내 수업을 듣는 학생 중에는 시험답안지 담당 교수 칸에 '손석희'라는 이름을 쓰는 학생이 있다. 처음 만나는 어떤 일본인은 '소키'라고 부르고 '曽木('소키', 또는 '소기'로 읽히는 성씨)'라는 한자를 쓰는 일본 사람인 줄 알았다' 고 했다. 이따금 '숙희'라고 부르는 서양인들도 있었다. 하지만 그때마다 고쳐 줄 필요를 느끼지 못한 건 그들이 내 이름을 부른다는 걸 내가 알기만 하면 된다고 생각했기 때문이다. 대부분 이름에 얽힌 가벼운 일화쯤으로 생각하며 웃어넘긴다.

그러나 일제 식민지를 겪은 이들에게 이름이란 그렇게 단순한 것이 아니었다. 그것은 자신이 어느 민족에 속하는가를 드러내는 일이었다. 김사량의 대표작이라 할 수 있는 『빛 속으로』는 이름을 둘러싼 갈등이 주요 사건인 작품이다. 1인칭 화자 '나'는 동경제대에 재학 중인 조선인 학생으로 빈민촌의 S 협회에서 아이들을 가르친다. 그의 이름은 '남(南)'이지만 아이들은 모두 그를 '미나미(南) 선생님'이라고 부르고 그는 굳이 자신의 이름이 '남'이라고 고쳐 말하지 않는다. 이것은 '金史良'이라고 쓰고 '긴시료(きんしりょう)'라고 읽히던 김사량 자신의 경험이 반영된 것으로 유추된다.

'나'는 '내 안에 품었던 비굴한 마음'을 겉으로 드러내지는 않는다. 오히려 '내가 조선인이라는 것을 감추려고 했던 것은 아니'라고 강력하게 주장한다. '나'의 이름을 둘러싼 내면의 갈등이 드러나는 장면이다. 여기서 '나'가 스스로 조선인성(朝鮮人性)을 감추는 것에 대해 일종의 '가책'을 느끼는 것이 목격되는데, 가책은 나로 하여금 끊임없이 '자기 자신을 설명'하도록 만드는 요인이다.

『빛 속으로』는 주로 내선일체 정책을 둘러싼 아이덴티티 문제를 중심으로 논의되어 왔다. 내가 이 작품에 주목하는 것은 텍스트 안에서 조선인성이란 등장인물들 스스로에 의한 확인이나 수락이 아니라 폭력적 상황에서 '폭로'되는 것이기 때문이다.『빛 속으로』에 등장하는 인물 중, 자신의 조선인성을 자발적으로 밝히는 인물은 '이(李)'라는 청년 한 사람뿐이다. 야마다 하루오도, 그의 어머니인 야마다 정순도 자신 안에 흐르는 조선인성을 필사적으로 감추려 한다. 야마다 하루오와 그의 아버지 한베에의 혼혈성 역시 청년 '이'에 의해 밝혀진다.

고백의 형태로 자기 자신을 설명하는 일은 대체로 윤리적 물음에 대한 응답인 경우가 많다. 일반적으로 자기 자신을 설명하는 것은 1인칭 화자의 형태로 이루어지지만, 그것은 사실상 1인칭을 넘어서는 문제. 우선 누군가가 '나'에게 설명을 요구하고 있어야 한다는 점에서 양자 간의 관계를 전제로 하기 때문이다. 이러한 문제는 식민지 상황에서만 일어났던 과거의 일이 아닐지도 모른다.

『빛 속으로』에 나오는 식민지인의 아이덴티티는 단순히 자신의 입장을 의미하지 않는다. 그것은 자신의 민족적 아이덴티티를 외부로 드러낼 것인가, 감출 것인가 하는 문제를 둘러싼 윤리의식이다. 자신의 이름이 일본식으로 불린 것에 대해 가책을 느끼던 미나미의 내면적 갈등은 말하는 자신과 듣는 자신으로 끊임없이 분열되는 독백 장면에서 극대화된다. 이미 동화정책이 식민지 조선에 깊이 침투하던 시점에서 아이덴티티의 문제를 윤리적인 문제로 다룬 부분이야말로 지금의 우리가 주목해야 할 부분이다. 나의 아이덴티티가 어디에 있든지, 그것은 개인의 자유지만, 그 아이덴티티를 감추어야 하거나 폭로되는 상황이란 결코 개인만의 문제가 아니며 현재에도 어떤 형태로든 여전히 존재하기 때문이다.

『천마』: 너의 모습은

『빛 속으로』에 이어서 발표한 『천마』는 그 무대가 경성이다. 일제의 '끄나풀'이 되어 신바람 나게 경성을 누비던 현룡이라는 소설가가 등장한다. 그는 얕은 재능으로 기인 행세를 하며 일본인 관료 오무라의 눈에 들어 세력을 얻었지만, 결국은 그 쓸모가 다하여 절로 유배당할 형편에 처한다. 현룡의 캐릭터가 가장 잘 드러나는 대화문 하나를 인용해 본다. 나는 이 작품에서 가장 재미있는 한 대목을 뽑으라면 다음 대목을 꼽고 싶다.

"그런데 말이죠, 정말 근사하게도, 도쿄의 작가이자 저의 절친인 다나카 군이 경성에 와 있습니다. 꼭 만나고 싶다고 해서 아까 조선호텔에 갔었는데, 너무 늦게 가는 바람에 그 녀석이 날 기다리다 지쳐서 오무라 일당과 함께 외출한 모양입니다. 그가 너무 안되어서 나는 지금부터 그를 찾으러 나갈 생각입니다. 뭣하면 소개해 드릴까요? 조선의 조르주 상드로서 또 나의 리베(liebe. 애인. 독일어)로서……."(본문 94쪽)

현룡의 이 말 중에서 진실한 말은 없다. 일본인 작가 다나카 (『취한 배』의 작가 다나카 히데미쓰가 모델이라고 알려져 있다. 현룡의 모델은 김문집이라고 알려져 있다)와는 절친도 아니며 그가 만나고 싶다고 해서 조선호텔에 간 것도 아니다. 오히려 오무라를 설득하여 현룡 자신이 절에 가지 않아도 되도록 부탁하기 위해 애타게 다나카를 찾아다니는 것이다. 기인 행세를 하며 허세로 가득 차 있는 데다, 여류시인을 유혹하기 위해 '조선의 조르주 상드', '나의 리베'라는 말을 지껄이는 현룡의 모습은 누가 봐도 우스꽝스럽다.

　그러나 돌이켜 보면 지금의 우리 안에는 이런 모습이 없는지 자문할 일이다. 외국어로 떠들어야 권위가 있어 보인다고 생각하고, 권력을 찾아 헤매는 현룡의 모습 속에서 나는 오히려 현대의 어떤 군상들을 떠올리게 된다.

『풀이 깊다』: 너의 언어, 그리고 色

　언어와 색깔은 『풀이 깊다』의 키워드라고 할 수 있다. 김사량은 두 개의 키워드를 『풀이 깊다』의 앞부분에 대단히 임팩트 있게 압축시킨다.

　김사량의 문학 속에서 이름-언어-문학은 하나의 줄에 꿴 구슬처럼 연동한다. 그 줄의 이름은 '민족'일 수 있다. 이중언어를 사용하는 사람들은 지구상에 넘쳐나겠지만, 식민지인의 이중언어는 그 의미가 다르다. 그것은 『빛 속으로』의 '남(南)'이 보여주는 '이름'의 갈등과도 비슷하다. 『풀이 깊다』에 나오는 군수의 일본어 연설 장면은 언어와 권력의 관계를 함축적으로 보여주는 명장면이다. 이 장면은 가히 김사량 문학의 백미다.

주인공 박인식은 첩첩산중 깊은 산에 둘러싸인 오지 마을의 군수인 작은아버지에게 들렀다가 옛 은사 코풀이 선생을 만난다. 작은아버지가 산민(山民)들을 한곳에 끌어모아 앉혀두고 이른바 '색의 장려(색의 장려 운동. 조선 총독부가 흰옷이 생산력을 떨어뜨린다고 생각해 백의를 착용을 금지했던 정책)'에 대해 연설하기 위해 무게를 잡으며 연단에 나타난다. 그 뒤에서 굽실굽실하는 가냘픈 목의 50대 통역. 그는 중학교 은사 코풀이 선생님이었다. 코풀이 선생은 인식의 중학교 시절 조선어 선생님이었고, 인식과 친구들의 시위 때문에 학교에서 쫓겨난 인물이었다. 작은아버지는 한 군(郡)의 수장이 조선어를 사용하면 위신이 서지 않는다고 생각한다. 일본어 따위는 전혀 알지 못하는 젊은 첩에게까지 의기양양하게 그것이 대단한 일본어인 양 떠드는 작은아버지는 누구한 사람 일본어를 알 턱 없는 산민들을 향해 일부러 통역까지 세워가며 불쌍할 만큼 우스꽝스러운 연설을 한다. 그리고 뚱뚱하게 살찐 작은아버지 옆에서 코풀이 선생님은 쭈뼛쭈뼛 통역하며 코를 닦는다.

　이곳에 와서 매일같이 자신을 휘감는 묘한 기분을 견딜 수 없었다. 어쩐지 구원받을 수 없는 사람들이 사는 이야기 속을 헤매는 기분이랄까. 사실, 이곳에 모인 사람들의 옷이 희든 검든 무슨 상관이란 말인가? 너무 바보스러운 상황에 인식은 강한 반발심을 느꼈다. 물론 그는 경제적인 견지에서도 또 위생상으로도 '색의 장려' 정책에 반대하지 않지만, 척 봐도 여기에 흰옷을 두른 이는 하나도 없다. 게다가 몇 년간 세탁을 하지 않았는지 그들의 낡아빠진 복장은 마치 죄수복 같은 흙빛이지 않은가! 회당 안에서 눈에 띄는 흰옷이라면, 연단 옆 의자에 단정하게 앉은 내무 주임의 리넨 하복정도인 것이다. 아무리 상부 관청의 명령이라고 해도 작은아버지는 내일 아침 일용할 양식도 없는 사람들을 불러 모아 도대체 무슨 말을 하는 것인가!(본문 148쪽)

색의 장려 운동의 폭력성은 연설이 끝난 뒤 돌아가는 산민들의 옷에 먹칠을 하는 장면에서 본격적으로 드러난다.

"저기를 봐, 저기를 보라구."
창 너머 손끝이 가리키는 곳을 보니, 아까 회당에 모였던 남자와 여자들이 놀랍게도 등에 검은색으로 ○나 △, 또는 ✕ 표시를 한 채 한 사람 두 사람 머뭇거리며 지나간다. 아무리 작은아버지라도 조금은 뒤가 켕기는지 괜스레 한층 더 흐흐거리며 웃어댔다.

"도대체 뭐하시는 겁니까? 저 사람들한테…"

인식은 핏기가 싹 가신 창백한 얼굴로 일어나, 분노에 차 몸을 부들부들 떨며 격렬하게 소리쳤다. 그리고 굳은 표정으로 작은아버지의 얼굴을 노려보았다.(본문 157쪽)

흰옷을 입은 사람들에게 먹물을 뿌리거나 낙서를 하는 행위는 소설적 허구나 과장된 표현이 아니라 당시에 실제로 빈번히 일어났던 상황인 듯하다. 심지어 상복을 입은 여인에게 먹물을 뿌리거나 여자들의 치마를 들치고 속바지에 먹물을 뿌리는 일조차 있었다(1934년 11월 10일 자 조선일보, 1938년 3월 3일 자 동아일보 참고).

『풀이 깊다』의 이 일본어 연설 장면은 후반부에 나오는 백백교의 연설 장면과 대비된다. 백백교는 1930년대 당시 한반도 전역을 떠들썩하게 했던 사이비 종교로 백색 옷을 입어야 구원받을 수 있다고 믿었다. 1920년부터 1940년 사이에 조선일보에 91건, 동아일보에 86건의 기사가 실렸을 만큼 그 세가 대단했던 종교다. 재산은 물론 딸까지 바친 한 신도가 있었는데, 그 아들이 백백교의 범죄 행위를 경찰에 고발함으로써 그들의 악행이 세상에 알려졌다. 교주의 범죄 행위가 세상에 드러나자, 그들은 그것을 은폐하기 위해 비밀을 누설할 염려가 있는 자들을 심산유곡으로 끌고 가서 가차 없이 죽여 버렸다. 경찰에 쫓기던 전해룡이 자살함으로써 백백교 사건은 끝이 났는데, 그들에게 피살된 시체만 48구가 발견되었으며, 시체조차 나오지 않은 희생자는 더 많았을 것으로 추정했다(1940년 3월 20일부터 3월 28일까지 백백교 특집기사 참고).

두말할 것도 없이, 색의 장려 정책에 반발하여 흰옷을 입는 것이 민족적 구원의 상징이라도 되는 양 선전했던 백백교의 교리는 색의 장려 정책 이상의 폭력이었다. 색의 장려 운동의 말단에 있던 코풀이 선생이라는 인물이 '백의를 주장하는 종교'에 희생당하고 마는 구조가 그 사실을 뒷받침해 준다. 일제의 '색의 장려' 정책과 대비되는 '백의 장려', '일본어'에 대비되는 '조선어' 등 완전히 대비되는 듯 보이는 두 대극의 공통점은, 색깔 옷이든 흰옷이든, 그들의 연설이 일본어이든 조선어이든, 모두 서민을 착취하기는 마찬가지였다는 것이다. 김사량은 언어뿐 아니라 색깔 자체가 권력이 되는 식민지 상황을 예리하게 파헤치며 희화한다.

앞에 소개한 김사량의 세 작품은 모두 과거에 멈춰진 이야기들이 아니라, 오늘날의 우리 사회에도 적용 가능한 이야기들이다. 그런 의미에서 김사량의 문학에는 시대를 뛰어넘어 삶의 본질을 꿰뚫는 날카로움이 있다고 할 수 있다. 김사량은 식민지 종주국의 언어로, 그들의 정책을 비판했다. 식민지기를 통틀어 일본의 심장부에서 그들의 언어로 그들의 정책을 이렇게 정면에서 비판한 작가는 내가 아는 한 없었다.

『노마만리』: 방랑자 김사량

김사량의 행로에 굴곡이 없었던 것은 아니다. 소설 『향수』에 보이는 불안과 초조, 르포 『해군행』에 보이는 좌절과 협력, 그리고 이후에 있었던 비판의 칼날 역시 김사량 자신의 몫이었다. 다만 김사량이 일제에 협력하는 데 머물지 않고 조선의용군이 주둔하고 있던 타이항산을 향해 탈출했다는 점은 그의 행보를 쉽게 단정지을 수 없게 만든다.

이 책에 수록된 『노마만리』는 김사량의 망명기 도입부다. 『노마만리』만으로도 책 한 권 분량인데, 이 책에는 도입부만 실려서 그의 방랑이 언제까지나 이어질 것 같은 느낌도 든다. 그러나 『노마만리』 이후에도 그의 고단한 여행은 끝나지 않았다.

『노마만리』 도입부가 흥미로운 것은, 당대 지식인들이 독립운동을 바라보는 다양한 시각과 긴장감 넘치는 베이징 북경반점 내의 상황이 마치 중국 내의 정치지도처럼 흥미롭게 묘사되고 있기 때문이다. 1919년 3·1운동의 실패를 계기로 하여, 조선 내부의 독립운동가들은 해외로 망명하였고, 그 대부분은 만주로 이동해 상하이(上海)에 임시정부를 세웠다. 무장 독립운동으로서의 대일본 항쟁이 있었고, 조선과 만주의 국경지대, 중국 동북지역 및 연해주 지역에는 적극적 항일전이 잇달았다. 재(在)만주 독립군의 공격을 계속 받게 되자 일본군은 토벌 작전을 시작하였다. 일본군의 토벌 작전에 직면한 재만주 독립군은 근거지를 옮겨 새로운 지역으로 이동하면서 일본군과 접전을 벌였다. 1931년 이른바 '만주사변'이 발발하였고, 결국, 일본의 관동군은 중국 동북지역을 무력으로 점거하였다.

이때 조선 독립운동군의 간부 대부분이 중국 본토로 이동하게 된다. 목숨 걸고 싸우던 독립병사와 독립운동가들은 지도자를 잃고 방황하게 되었다. 전향자도 많았다. 일본군은 독립운동가 체포에 협력하는 자에게 상금을 지급하였는데, 이렇게 되자 독립운동가들은 물론, 독립운동가가 아닌 사람들마저 독립운동가라는 죄명을 쓰고 체포되는 일도 발생하였다. 그 결과, 독립운동가는 물론 재만주 조선인 사회가 위축되었다. 1932년경까지 비교적 활발하던 조선의 독립운동은 점차 세력이 약해져 갔다. 1937년, 루커우차오 사건(盧溝橋事件)을 계기로 일본은 전면적인 중국 침략전쟁인 중일전쟁을 일으켰다. 일본은 1938년 중에 주요 도시의 철도 노선을 공격했는데, 중국은 충칭(重慶)으로 천도하여 항쟁을 계속하였고 전쟁은 장기화하였으며, 1941년 12월에는 '태평양 전쟁'이 발발하였다.

태평양 전쟁이 발발한 바로 다음 날, 김사량은 '남방군을 순회하면서 황군을 찬양하고 전첩을 보도하라'는 강요를 받게 되지만 이를 거절하여 구금된다. 그러다 1943년 가을에는 결국 해군견학단으로 파견되고 만다. 야스타카 도쿠조의 증언에 의하면 이 시기에 김사량은 '체포되는 것은 시간문제'였을 만큼 격앙되어 일본의 통치 권력을 비판하였다고 한다. 이런 김사량이 탈출을 감행했다는 것은 당연한 수순이었는지도 모른다.

번역을 마치며

그동안 김사량 작품집이 번역된 적이 없었던 것은 아니다. 그러나 김사량은 여전히 독자들에게 어느 여배우의 이름을 연상시킨다고 할 정도로 낯선 작가다. 기존에 번역된 작품집들도 훌륭하지만, 보다 친근한 전달 방식이 필요하다는 녹색광선 측의 요청이 있었다. 원문의 의미를 해치지 않으면서도 현재의 한국어 독자가 좀 더 친근하게 느낄 수 있도록 번역하고자 애썼다. 김사량처럼 친일작가와 저항작가라는 극단적으로 다른 프레임 사이를 오간 작가는 흔하지 않다. 그만큼 그의 행보를 단정하기 힘든 무엇이 있다는 의미기도 하다. 나는 오랜만에 김사량의 언어를 번역하면서 한편으로는 마치 처음으로 김사량을 만난 듯한 기분이 들기도 했다. 번역 과정은 결론의 부담 없이 그를 읽어 내는 시간일 수 있었기 때문이다.

돌아올 길을 떠나는 자는 진정한 여행자가 아니라는 말이 있다. 김사량은 자신이 돌아갈 곳, 고향으로 돌아갔지만, 결국 그곳에서도 이방인과 같았으며, 길 위에서 죽었다. 그는 내 마음 안에서 언제나 방랑자다. 그의 방랑이 언제 끝날지 모른다. 아마도 나의 방랑이 끝나야 그의 방랑도 끝나지 않을까?

흔히 그를 '디아스포라 작가'라고 부르지만, 나는 그를 되도록 누구나 친근하게 느낄 수 있는 언어로 부르고 싶다. '디아스포라'라는 말은 그 언어의 고향조차 멀어서 어쩐지 김사량을 더 멀리 보내는 느낌이 들기 때문이다. 살아생전에도 일본 밀항, 만주 여행, 타이항산으로의 탈출, 평양으로의 이동을 거쳐, 한국전쟁 당시 종군기자 자격으로 남하해서 퇴각 길에 사망하기까지…… 평생을 역사의 흐름에 떠밀려 다녔고, 사후 70년이 넘도록 한국 문학사와 일본 문학사 사이를 떠도는 그를 방랑자라 부르지 않는다면 무엇이라 불러야 할까 싶다.

나는 지금도 여전히 김사량에게 친일이나 저항과 같은 수식어를 붙이지 않고 이야기할 수는 없을까 하는 고민에 빠져 있지만, 이번 번역을 통해 그의 작품이 주는 느낌을 강박 없이(그를 친일과 항일이라는 틀에 가두지 않고) 자유롭게 누릴 수 있었다. 앞으로 독자 여러분과 함께 좀 더 다양한 해석과 관점을 찾아갈 수 있으면 좋겠다. 3.1운동은 세계사적으로 커다란 영향을 미친 저항운동이다. 3.1운동을 일제에 대한 저항운동이라고 국한할 때 그 세계사적 의미가 축소되는 것처럼, 나는 김사량이라는 작가의 존재를 친일과 항일 사이에 두는 것 자체가 그의 의미를 축소할 수 있다고 생각한다.

이 책에는 김사량의 초기 일본어 소설 3편 『빛 속으로』, 『천마』, 『풀이 깊다』와 기행문 『노마만리』의 일부가 수록되어 있다. 김사량이 여행한 도쿄-서울-베이징 세 도시의 당시 모습이 생생하게 묘사되어 있다. 1940년 전후의 동아시아의 모습과 지금의 모습을 비교해 보는 것도 재미있는 읽기 방식이 될 수 있을 것이다.

『빛 속으로』는 1940년 아쿠타가와상 후보에 오르는 영광을 안겨 준 작품으로, 야마다 하루오라는 소년과 함께하는 도쿄의 변두리에서 중심지에 이르는 길이 배경이 된다. 백화점, 에스컬레이터, 카레라이스와 같은 명사들을 하나하나 음미하다 보면 당시의 생활상이 떠오를 것이다. 『천마』에는 경성, 『노마만리』에는 베이징의 모습이 생생하게 그려져 있다. 『빛 속으로』에는 '하기'(일본), 『천마』에는 '미도리'(조선), 『노마만리』에는 '첸면(중국)'이라는 담배 이름이 나온다. 어쩌면 김사량 자신이 피우던 담배 이름일지도 모르겠다. 당시 동아시아의 일상풍경을 구체적으로 상상할 수 있는 자료로서도 손색없는 작품들이다.

김사량은 때로 저항하고 때로 협력했으며 협력의 굴레에서 벗어나고자 온몸을 던졌다. 그것이 팩트이며 그의 실존이다. 그가 본 것, 그가 그려낸 것, 그 안에서 어떤 역사를 찾아낼 것인지를 생각하는 것도 소중한 일이지만, 우선 그가 얼마나 위트 넘치고 섬세한 작가였는지, 문학인으로서 그의 감성을 읽어가는 시간이 되기를 진심으로 바란다.

무엇보다도 나에게 김사량 번역을 의뢰해 준 녹색광선의 박소정 대표에게 깊은 감사를 전하고 싶다. 시골에서 쓰는 말투나 사투리를 우리말로 번역하는 것은 대단히 조심스러운 일인데, 자칫 지역 차별의 요소가 될 수 있기 때문이다. 그러나 『풀이 깊다』를 번역하면서는 강원도 주민들의 대화이니 강원도 사투리로 써야겠다고 생각했다. 나오는 인물들이 강원도 주민임이 분명하고(물론 타지에서 왔을 가능성도 있지만), 사실 내가 강원도 평창군의 탄광촌, 미탄 출신이기 때문에 마음이 자연스럽게 그렇게 움직이기도 했다. 어릴 때 고향을 떠나 나의 언어인 강원도 사투리를 거의 잊어서 고향 사람들의 도움을 받았다. 네이티브 체크(?)를 해 주신 서울대 김효섭 선생님과 고향 친구분들, 중국어 발음을 감수해 준 친구 이언주에게 감사한다. 김사량 번역은 나에게 번역 이상의 작업이었다. 부족한 점도 많지만, 앞으로 더 보충해 나가고자 한다. 언젠가 김사량의 고향에 가 보고 싶다. 그럴 기회가 오기를 기다려 본다.